Band 8

## WOLFGANG HOHLBEINS
## SCHATTENCHRONIK

Alisha Bionda & Jörg Kleudgen

# DAS SEELENTOR

BLITZ-Bücher werden nach der alten Rechtschreibung gesetzt.
Wir verwenden ausschließlich umweltfreundliches Papier.

© 2006 by BLITZ-Verlag GmbH
Redaktion: Jörg Kaegelmann
Covergestaltung: Mark Freier (www.freierstein.de)
Illustration: Pat Hachfeld (www.dunkelkunst.de)
Lektorat: TTT, Mallorca
Satz: M. Freier, München
Druck und Bindung: Drogowiec, Polen
All rights reserved
www.BLITZ-Verlag.de
ISBN 3-89840-358-0

**Für Jörg Kleudgen**

*Idem velle atque ide nolle, ea demum firma amicitia est.*
*(Dasselbe wollen und dasselbe nicht wollen,*
*das erst ist wahre Freundschaft.)*

Alisha Bionda

INHALT

1. Kapitel (Seite 9)
**NEMO ENIM POTEST PERSONAM DIU FERRE!**
*(Niemand kann auf Dauer eine Maske tragen!)*

2. Kapitel (Seite 39)
**LAUFE NICHT DER VERGANGENHEIT NACH, UND VERLIERE DICH NICHT IN DER ZUKUNFT. DIE VERGANGENHEIT IST NICHT MEHR. DIE ZUKUNFT IST NOCH NICHT GEKOMMEN. DAS LEBEN IST HIER UND JETZT.**
*(Buddha)*

3. Kapitel (Seite 81)
**SOLANGE DU DEM ANDEREN SEIN ANDERSSEIN NICHT VERZEIHEN KANNST, BIST DU NOCH WEIT AB VOM WEGE ZUR WEISHEIT.**
*(Chinesische Weisheit)*

4. Kapitel (Seite 123)
**WER DIE WAHRHEIT SUCHT, DARF NICHT ERSCHRECKEN, WENN ER SIE FINDET.**
*(Unbekannt)*

5. Kapitel (Seite 163)
**ANDERE ERKENNEN IST WEISE. SICH SELBST ERKENNEN IST ERLEUCHTUNG.**
*Laotse*

6. Kapitel (Seite 187)
**DER MENSCH WURZELT IN SEINEN AHNEN - ABER ALLE DINGE HABEN IHRE WURZELN IM HIMMEL.**
*(Unbekannt)*

## WAS BISHER GESCHAH

Die Vampirin Dilara bringt Licht in das Dunkel ihrer Vergangenheit und befreit sich vom Einfluß des Fürsten der Nosferati, Antediluvian, der ihr durch den Kuß der Verdammnis ewiges Leben schenkte und von ihr verlangte, sich ein Schriftstück aus den Archiven des Vatikans anzueignen. Dieses offenbart, daß die Wiege der Nosferati auf vorsintflutliche Zeiten zurückgeht.

Als Gefährten gewinnt Dilara den jungen Calvin. Mit Hilfe der widerständlerischen *Cemeteries*, unter Führung des blonden Vampirs Guardian, nehmen sie den Kampf gegen Antediluvian auf.

Dieser hat andere Pläne. Dilaras Wissen um den aztekischen Sonnenstein ist der Schlüssel, den er zur Erweckung des Sonnengottes Tonatiuh benötigt. Nachts lockt Antediluvian die Vampirin in das British Museum, um an einer dort ausgestellten Mumie das Ritual zu vollziehen. Doch der Sarkophag birgt nicht Tonatiuh, sondern Coyolxa, die Mondgöttin.

Als diese erwacht, vernichtet sie Antediluvian.

In einer Fernsehsendung sehen Dilara und Calvin Monate später die mysteriöse Luna Sangue, die Dilara verblüffend ähnelt, und deren Ziel es ist, den Schattenkelch – der ewiges Leben verheißt – zu finden, was Dilara und Calvin verhindern wollen. Ihre Suche führt sie nach Frankreich in den Zigeunerwallfahrtsort Les Saintes-Maries-de-la-Mer. Dort gelingt es ihnen, den Schattenkelch in Besitz zu nehmen und zu fliehen.

Mick Bondye, der Voodoovampir-Cop, und seine Partnerin Cassandra haben bei Scotland Yard mit den Machtkämpfen der Vampirclans zu schaffen.

Der Schattenkelch vereint sie alle zu einem *Bund der Fünf*. Dilara, Calvin, Guardian, Luna und Mick entfesseln in einem blutigen Ritual die Magie des Kelches, die so lange währt, wie sich der Bund einig ist. Dadurch gestärkt lösen Dilara und Guardian den Ältestenrat der Nosferati auf. Für die Gesellschaft der Schattenwesen scheint eine Zeit des inneren Friedens und der Freiheit angebrochen zu sein. Da geschehen in London rätselhafte Morde, denen ausschließlich Vampire zum Opfer fallen. Am Tatort hinterlassen die Täter das Zeichen des Drachen. Dieses findet sich auch auf den Produktkopien, mit denen ein Unbekannter Lunas Wirtschaftsimperium bedrängt. Ausgerechnet in dieser schwierigen Situation beschließt Calvin, in Wales das Schicksal seiner Mutter zu ergründen. Er findet sie und enthüllt dabei eine Reihe unangenehmer Tatsachen über die Ursprünge seiner Familie. Währenddessen wird in London Dilara entführt. Und nur Calvin besitzt das starke emotionale Band, das ihn zu ihr führen könnte – und dem Drachen, dessen Name Lee Khan ist.

# NEMO ENIM POTEST PERSONAM DIU FERRE!
## (Niemand kann auf Dauer eine Maske tragen!)

NEMO ENIM POTEST PERSONAM DIU FERRE!

„*Wir wissen von Menschen, die in ihrer Brust zwei Seelen verspüren, und von anderen, die dem Glauben anhängen, sich eine einzige Seele mit einem anderen Menschen teilen zu müssen, der, während sie selber auf der Nachtseite der Erdkugel schlafen, auf der Tagseite wandelt. Von manchen Menschen wird angenommen, daß sie gar keine Seele besitzen. Wir, die wir diese Chronik verfassen, wissen nicht, was davon glaubwürdig oder falsch, Dichtung oder Wahrheit ist. Uns interessiert vielmehr die Frage, wie es sich mit den Seelen der Schattenwesen verhält...* "

(unbekannter Autor: „Die Schattenchronik")

*L*ondon, August 2006, Park Lane

In dem Moment, da er die Kapuze überzog, spürte er, daß er nicht nur ein Kostüm trug, sondern damit *verschmolz*. Es war eine Verwandlung, die er die ersten Male noch als unangenehm empfunden hatte.

Damals, als er den schuppenbesetzten Umhang in einem Tempel in den Bergen entdeckt hatte. Er erinnerte sich sehr deutlich an das Gefühl von Macht, das bei der Berührung des seltsamen Stoffes durch seine Fingerspitzen geflossen war, während ihn die monotonen Gesänge der buddhistischen Mönche und das Summen der Gebetsmühlen begleiteten. Die Magie der acht Unsterblichen war in diesen Stoff hineingewoben. Er jubelte innerlich, als er an die Möglichkeiten dachte, die ihm dieses Relikt der Vorväter auf seinem Kreuzzug gegen die Schattenwelt in die Hände gegeben hatte.

Es war kein leichtes Unterfangen gewesen, die Mönche dazu zu bringen, daß sie ihm den Umhang überließen. Am Ende hatte er einen von ihnen töten müssen. Der starrsinnige alte Narr trug selbst die Schuld an seinem gewaltsamen Ende. Hatte der Greis denn nicht einsehen können, daß er den Umhang *brauchte*?

Mit bloßen Händen erwürgte er den Alten. Er alleine tat es. In Dingen, die für ihn von essentieller Bedeutung waren, verließ er sich auf niemanden außer sich selbst. Nie! So auch nicht bei dem Plan, den er heute auszuführen gedachte, und bei dem er nichts dem Zufall überlassen würde. Außerdem wollte er sich auch den Triumph nicht nehmen lassen, mit einem seiner ersten Schläge den Gegner in kopflose Verwirrung zu stürzen.

Die Verwandlung war abgeschlossen.

Sein Gesicht wurde von einer dünnen, schuppigen Haut bedeckt, der Umhang war mit ihm verwachsen und spannte sich als Flügelpaar noch weit über seine Hände hinaus, die in stahlharten, scharfen Klauen endeten. Kräftige Muskeln verliehen seinen Beinen eine ungeahnte Kraft.

Nun war er zu dem Wesen geworden, dessen Namen er nach der Entdeckung des Umhangs angenommen hatte: *Der Drache*.

Er beobachtete, wie Dilara das Haus verließ, und folgte ihr ungesehen in den benachbarten Park. Dort wurde er Zeuge, wie die Vampirin ein Mädchen, das zufällig diesen Weg ging, mit präziser Brutalität tötete und sich an seinem Blut sattrank.

Trink nur!, dachte er. Trink, solange du noch die Möglichkeit dazu hast!

Als sie von dem Opfer abließ, war er nur wenige Meter von Dilara entfernt. Sie schien seine Anwesenheit zu spüren, denn immer wieder blickte sie sich um.

Als sie schließlich das verwilderte Anwesen erreichte, das sie

— NEMO ENIM POTEST PERSONAM DIU FERRE! —

bewohnte, erhob sich der Drache in die Luft. Er wollte den Moment der Überraschung ausnutzen, den ihm ein Angriff von oben im Gegensatz zu einem Überfall von hinten bot, den die Vampirin mit ihren geschärften Sinnen sicherlich frühzeitig bemerkt hätte.

Doch gerade, als er den richtigen Augenblick für gekommen hielt, blieb sie stehen, als sei ihr etwas aufgefallen. Sie hatte seinen Brief entdeckt, den er voreilig für ihre Freunde am Eingang hinterlassen hatte. Schon war sie an der Tür, nahm das Schreiben aus dem Umschlag und las es mit immer größer werdenden Augen.

Rasch! Jetzt, bevor sein Plan fehlschlug!

Er stieß wie ein Falke auf sie herab. Der Drache wußte, daß dies der gefährlichste Moment seines Plans war. Die Vampirin würde kurzfristig ihre übermenschlichen Kräfte zum Einsatz bringen.

Bevor sie sich jedoch verwandeln konnte, war er über ihr und schlug seine ledrigen Schwingen um ihren Körper. Sie drohte seinen Griff zu sprengen, doch er war auf diese Situation nicht unvorbereitet. Die stählernen Klauen waren mit einem Gift getränkt, das die Vampirin augenblicklich lähmte.

Sie erschlaffte augenblicklich.

Ihren Körper mit einem Schwingenarm an sich gepreßt, erhob sich der Drache in die Luft.

Sein Plan war gelungen.

*Es war beinahe zu einfach gewesen*

Aber Dilara Demimondes befand sich in seiner Gewalt! Nur das zählte.

*London, August 2006, Park Lane*

Calvin fühlte ohnmächtige Angst in sich.

Angst um Dilara.

Aber auch Angst, die in ihr war und die sich mit seiner vermischte.

Er schloß die Augen und konzentrierte sich auf die besondere Verbindung, die zwischen ihnen bestand, versuchte verzweifelt zu ergründen, wo sich seine Gefährtin befand und in welcher Verfassung sie war.

Doch er spürte nur zwei Dinge: daß sich Dilara weit weg aufhielt, und daß sie sich in einem geistigen Dämmerzustand befand. Ganz so, als habe man sie unter Drogen oder Hypnose gesetzt. Er fühlte zwar ihr Unterbewußtsein, aber auch, daß sie nicht bei Sinnen war.

Calvin gab einen bekümmerten Laut von sich bei dem schuldvollen Gedanken, daß er sie nicht hatte schützen können, weil er in Wales auf der Suche nach seinen Ahnen gewesen war.

Eine Hand legte sich beruhigend auf seine Schulter. *Micks* Hand. „Wir werden sie finden, mein Freund!" sagte er, und der Vampir verspürte große Erleichterung darüber, einen Mann wie Mick an seiner Seite zu haben.

„Dieses Ungeheuer wird dafür bezahlen!" stieß Calvin aufgebracht hervor und zerknüllte den Brief, den sie an der Eingangstür ihres Hauses in der Park Lane gefunden hatten. Der einzige Hinweis auf Dilaras Verbleib.

„Hey!" rief Mick und nahm dem langhaarigen Vampir das Papierknäuel aus der Hand. „Das brauchen wir noch. Das ist der einzige Beweis. Grean wird mich eh lynchen, wenn er merkt, daß ich das mit mir herumgetragen habe", seufzte er. „Der Sesselfurzer wird immer argwöhnischer. Und jetzt

NEMO ENIM POTEST PERSONAM DIU FERRE!

hat er mir auch noch einen neuen Partner aufs Auge gedrückt."

Calvin blickte den Voodoovampir-Cop zum ersten Mal, seit er den Brief gelesen hatte, bewußt an. „Er hat Cassandra so schnell ersetzt?"

„Jau, ich konnte ihr Verschwinden durch die Morde und Machenschaften des Bundes des Drachen erklären."

„Hm!" Calvin schien wieder in Gedanken bei Dilara zu sein, was Mick verstehen konnte. Das war im Augenblick auch bedeutsamer.

„Die Spur führt nach Asien. Das wissen wir, wenn wir alles zusammenfügen, was sich in der letzten Zeit ereignet hat. Mehr noch, wir konnten einen der Schergen hier in London dingfest machen. Wir haben nicht viel aus ihm herausbekommen." Mick zog eine abfällige Grimasse. „Der Feigling hat es vorgezogen, sein jämmerliches Leben frühzeitig zu beenden."

„Wie das?" kam die Frage, aber immer noch gedanklich abwesend.

„Eine hübsche kleine Giftkapsel." Er klopfte Calvin aufmunternd auf den Rücken. „Eine heiße Spur führt nach Shanghai – nach Pudong."

Calvin stieß einen Pfiff aus.

Mick nickte wieder. „Ganz nett, nicht wahr?"

„Das kannst du laut sagen. Und das wird wie die sprichwörtliche Suche nach der Stecknadel im Heuhaufen."

Erneut klopfte Mick ihm auf den Rücken. Dieses Mal temperamentvoller. „Da kennst du Mick Bondye aber schlecht!"

DAS SEELENTOR

*London, August 2006, in den Katakomben des Big Bens*

„Ich fordere Genugtuung! Und Sicherheit für die Mitglieder meines Clans!"

Guardian seufzte innerlich auf, ließ sich seine Gespanntheit jedoch nicht anmerken. Der blonde Vampir hatte damit gerechnet, daß Larvae, das letzte verbliebene Mitglied des Ältestenrates der Nosferati, weiterhin jede sich bietende Gelegenheit wahrnehmen würde, ihn unter Druck zu setzen. Dem Uralten blieb auch gar keine andere Wahl, wenn er seine ohnehin schwindende Macht nicht gänzlich einbüßen wollte.

Doch Guardian wurde das Gefühl nicht los, daß mehr dahintersteckte. Larvae wollte irgend jemand in dieser Runde besonders imponieren. Guardian hatte nur noch keine Ahnung, um wen es sich handelte. Um Eurynome ging es sich offenkundig nicht. Von Anfang an hatte eine unausgesprochene Feindschaft zwischen den beiden bestanden. Auch Graf Károlyi schien es nicht zu sein, obschon sich die Ziele der Nosferati sicherlich nicht so stark von denen seiner als *Traditionalisten* bezeichneten Anhänger unterschieden. Der angeblich adlige Vampir – mit einem ausgeprägten Hang zur Theatralik – hatte mehrfach zu verstehen gegeben, daß er Larvae als nicht standesgemäß betrachtete. Außerdem schien Károlyi unfähig, wirkliche Machtpolitik zu betreiben. Er war schlichtweg zu einfältig.

Es kamen nach seiner Meinung nur Lilian, die Clanchefin der sogenannten *Jungen Wilden*, oder Luna Sangue in Frage. Doch auch das wollte nicht so recht passen.

„Was reden Sie da, Larvae?" Die abgrundtiefe Stimme, die ihn aus seinen Spekulationen riß, gehörte der mysteriösen, in Lumpen gehüllten Gestalt, die sich Schattenwandler nannte. Das war Hilfe aus unerwarteter Richtung! „Die größten Verluste haben doch wir. Wir sind dem Feind auf der Straße schutzlos ausgeliefert, während Sie sich mit Ihren Leuten verkriechen."

Es war bekanntgeworden, daß sich die meisten der dekadenten Nosferati auf einen einsam gelegenen Landsitz über den Klippen der nordostenglischen Küste zurückgezogen hatten. Wohl nicht nur Guardian fragte sich, was sie dort aushecken. Er hatte zwei seiner Leute zur Beobachtung der Aktivitäten ausgesandt, doch sie hatten nichts Bedenkliches feststellen können. Die Nosferati gaben sich wie üblich ihren abgründigen Lustbarkeiten hin. Eine Verschwörung indes schienen sie nicht zu planen. Gut, sollten sie ihre harmlosen Spiele treiben, auch wenn es ein paar Menschenleben kostete. Früher oder später würden sie auch diese Zuflucht verlassen müssen.

„Das tut nichts zur Sache!" begehrte Larvae auf. Er erregte sich merklich über den Vorwurf. „Es ist unsere Entscheidung, wo wir uns ansiedeln. Außerdem haben wir über Jahrhunderte hinweg über das Wohl der vampirischen Rasse gewacht…"

„Und sie unterdrückt! Antediluvians Vernichtung war doch eine Befreiung!" warf Eurynome ein, der den Clan der *Cemeteries* führte, seit Guardian als Hüter des Schattenkelches den Bund der Fünf leitete und seine Heimat in den Katakomben unter der St. Paul's Cathedral gefunden hatte. Die Cemeteries hatten als erste gegen die jahrhundertealte Herrschaft der Nosferati aufbegehrt und im Kampf gegen sie einen hohen Blutzoll zahlen müssen.

„Genug jetzt!" Guardian fand, daß es an der Zeit sei, die Führung der Diskussion wieder zu übernehmen. Seine Stimme donnerte durch das unterirdische Gewölbe und ließ die Versammelten augenblicklich schweigen. „Wie du siehst, Larvae, haben wir auch in unseren eigenen Reihen einen schmerzlichen Verlust zu beklagen. Dilara Demimondes wurde von den Mitgliedern des Drachenordens entführt."

Niemand wagte ihm zu antworten. Die Anwesenden wußten, welche besondere Beziehung zwischen den Geschwistern bestand.

Auch Calvins Gesicht schien zu versteinern, als Dilaras Name genannt wurde. Er hatte fraglos in den letzten Tagen am meisten gelitten und sich Vorwürfe gemacht, seine Gefährtin alleine gelassen zu haben.

Mick Bondye legte seine Hand auf Calvins Arm. Er hatte ihm immer wieder erklärt, daß auch Calvin die Entführung nicht hätte verhindern können. Ihr Feind, der sich in einer Nachricht als Lee Khan zu erkennen gegeben hatte, spielte mit verdeckten Karten und war unberechenbar. Mick, der sich bis dahin lässig auf seinem hochlehnigen Stuhl gefläzt hatte, richtete sich auf. „Hört endlich auf, wie die kleinen Kinder zu streiten!" sagte er. „Wir haben es hier mit einer Gefahr zu tun, die uns alle bedroht! Unabhängig von unserem Geschlecht und unserer Clanzugehörigkeit, egal, wo wir uns aufhalten. Egal, wie wir uns schützen. Er scheint uns immer einen Schritt voraus zu sein."

„Nun, wovor fürchtet ihr euch denn? Ist es nicht so, daß die Auserwählten durch die Macht des Schattenkelches geschützt werden?" Larvae stellte höhnisch das Instrument in Frage, das die Vorherrschaft des Bundes begründete. „Könnten wir ihn nicht einmal sehen, diesen sagenumwobenen Kelch, und uns von seiner Allmacht überzeugen?"

„Ja, existiert er denn überhaupt?" warf Lilian ein. „Ich meine, keiner von uns hat ihn je gesehen!" Einige Mitglieder des Rates murmelten zustimmend.

„*Ich* habe ihn gesehen!" entgegnete Eurynome.

„Und *ich* werde ihn euch zeigen!" rief Guardian. Auf ein Fingerschnippen hin öffnete sich eine Tür, hinter der ein Gang tiefer in das Labyrinth unter dem britischen Regierungssitz hinein führte, und zwei der Clanmitglieder, die ihn begleitet hatten, als er den Brompton Cemetery verließ, traten ein, den Kelch unter einem Glasgewölbe geschützt zwischen sich. Sie stellten ihn in der Mitte der Tafel ab. Das auf einem kunstvoll gestalteten Zinnfuß gehaltene Opalglas schien lebendig zu sein. Schattenhafte Umrisse bewegten sich darin, und niemand konnte sagen, ob es lediglich die Spiegelungen der Ratsmitglieder waren, die von ihren Stühlen aufgesprungen waren, oder etwas gänzlich anderes, Fremdartiges.

Der Hüter des Schattenkelches hatte sein Ziel erreicht. Alle Zweifel an der Existenz des Kelches waren beseitigt. Der sich anschließenden Diskussion folgte er nur noch halbherzig. In Gedanken war er bei Dilara. Er fragte sich, ob seine Schwester überhaupt noch lebte. Wenn nicht, hätte Calvin, der mit ihr stark emotional verbunden war, das sicher gespürt. Nein, sie *durfte* nicht tot sein.

In einem Punkt jedoch hatte Larvae recht. Sie alle hatten sich darauf verlassen, daß der Schattenkelch sie unangreifbar machte.

Dafür mußten sie nun bitter bezahlen!

*Shanghai, August 2006, Pudong*

Endlich war er seinem Ziel einen entscheidenden Schritt näher gekommen.

Endlich hatte er eine der mächtigsten dieser Kreaturen in seiner Gefangenschaft.

Der Drache konnte seinen inneren Aufruhr kaum bezwingen und unter Kontrolle halten. Es war ihm, als schösse ein Adrenalinschub nach dem anderen durch seinen Körper, und er befand sich in einer derartigen Hochstimmung wie noch nie zuvor in seinem Leben.

Wie gerne wäre er endlich vor diese Vampirin getreten, hätte sich ihr zu erkennen gegeben und sie mit seinem Vorhaben konfrontiert.

Es gelüstete ihn, in ihren Augen die Erkenntnis und das Erschrecken zu sehen.

Doch er mußte sich gedulden!

Auch das war Teil seiner Rache.

Vorerst konnte und wollte er nur maskiert vor sie treten und sie psychisch knechten.

Wie sehr würde er sich daran ergötzen!

Wie lange hatte er darauf gewartet!

Er wollte genüßlich zusehen, wie sie immer mehr an Kraft verlor. An Energie. Er wollte sehen, wie ihre dunkle Seele immer mehr Spannkraft einbüßte und schließlich verging.

Der Zeitpunkt war noch lange nicht gekommen.

Der Drache sah wieder das Bild seiner Mutter vor sich. Dieses wundervolle engelsgleiche Wesen, das von den Kreaturen der Nacht gnadenlos ausgelöscht wurde.

Wieder stieg der Haß wie eine dunkle Woge in ihm auf, und er konnte sich kaum beherrschen, in das Verlies der Vampirin zu stürmen, um auch sie zu vernichten.

Er atmete tief durch.

Ruhig, mahnte er sich, ruhig, du willst doch deine Rache auskosten!

Er war gespannt, wann es ihresgleichen gewahr wurde, wo sich Dilara aufhielt. Auch das war Teil seines Spiels.

Denn er hatte ihrer Sippschaft wohlweislich nur einen Teil seines Namens verraten.

Die hagere hochgewachsene Gestalt des Drachen straffte sich. Es war an der Zeit, seiner Gefangenen die ihr gebührende

— NEMO ENIM POTEST PERSONAM DIU FERRE! —

„Ehre" zu erweisen. Mit einem abfälligen Lächeln ergriff er das Mikrophon, das auf seinem Schreibtisch stand, und schaltete den daneben befindlichen Monitor ein. Wenige Sekunden später flackerte das Bild auf und zeigte eine schöne, dunkelhaarige Frau, die entkräftet auf einem breiten Bett lag.

*London, August 2006*

Luna Sangue verließ den Ratssaal als eine der ersten. Sie hatte es eilig. Ihre Geschäfte duldeten keinen weiteren Aufschub.

Im Schatten des *House of Lords*, dort, wo der geheime Gang, der die Katakomben des ursprünglichen Ältestenrates mit der Außenwelt verband, an das Ufer der Themse mündete, wartete Igor im schwarzen Rolls Royce auf sie. Der Russe war einer jener auf sie eingeschworenen Leibwächter, deren Rekrutierung ihre erste Handlung gewesen war, nachdem das Wesen Luna Sangue der verbrannten Hülle der uralten aztekischen Gottheit Coyolxa im British Museum entstiegen war.

Als er sie bemerkte, stieg er aus dem Wagen aus und kam näher.

In diesem Augenblick stellte sie überrascht fest, daß im Fond bereits jemand saß.

„Er kam einfach und setzte sich in den Wagen!" versuchte Igor zu erklären. „Ich konnte ihn nicht daran hindern…"

„Schon gut!" schnitt ihm Luna das Wort ab. „Wir wissen, was er von uns will."

Igor verbeugte sich mit der Demut, die seine Herrin von ihm erwartete, und öffnete die Tür.

„Wir glaubten, unser Gespräch sei beendet, Larvae!" begrüßte sie den Nosferatu, der ihr offenbar vorausgeeilt war, mit ausgesprochen kaltem Ton. Larvae hatte vor einiger Zeit die Frechheit besessen, sie in ihren Privaträumen im LUNA-Tower aufzusuchen und ihr ein Angebot zu machen, das unzweifelhaft als Teil einer Intrige gegen den Rat der Schattenwelt aufzufassen war. „Wir dachten, wir hätten uns eindeutig ausgedrückt."

„Habt Ihr, verehrteste Luna Sangue, habt Ihr", beeilte sich der Alte zu versichern und grinste breit. Seine Zähne waren spitz und gelblich verfärbt. Er mußte uralt sein. „Doch ich glaube, die Situation hat sich verändert."

„Inwiefern?"

„Ihr habt es selber gehört. Der Schattenkelch ist nicht so mächtig, wie man Euch glauben machen wollte." Die Stimme des Alten knirschte wie Sand zwischen zwei Mühlsteinen.

Luna lachte auf, beinahe etwas zu hastig. Larvae sollte nicht spüren, daß sie ein ungewohntes Gefühl von Nervosität erfaßt hatte, seit mit dem Drachen ein uneinschätzbarer Gegner auf dem Spielbrett aufgetaucht war.

„Ihr lacht?" Auf Larvaes faltigem Gesicht zeigte sich ein Ausdruck echter Verblüffung. „Ihr seid offenbar anderer Meinung."

„Unsere Macht beruht nicht auf dem Schattenkelch", sagte die Vampirin mit einer Verachtung, die das dickflüssige Blut des Uralten beinahe erstarren ließ. „Sie ist älter. Wesentlich älter. Und nun solltet Ihr gehen... *Ältester*."

*Shanghai, August 2006*

Die Nebel lichteten sich in Dilaras Unterbewußtsein, ließen ihre Gedanken schwerfällig wieder an die Oberfläche.

Die Vampirin hustete.

Eine quälende Trockenheit machte sich in ihrer Kehle breit. Sie war hungrig, durstig und fühlte sich kraftlos. Es war mehr als an der Zeit für eine ihrer speziellen Nahrungen. Doch was war mit ihr geschehen? Wo befand sie sich?

Krampfhaft versuchte sie sich zu erinnern, was sich zugetragen hatte.

Der Brief!

Der Drache – die dunkle Gefahr, die sie alle schon einen geraumen Zeitraum bedrohte. Er hatte sie mit seinem vergifteten Odem betäubt und mit der Kraft seiner stählernen Klauen erfaßt und gehalten. Sie unter ledernen Schwingen hinfortgetragen.

Doch wohin?

Vorsichtig bewegte sie sich. Man hatte darauf verzichtet, sie zu fesseln, was bei einem Wesen, wie sie es war, ohnehin sinnlos gewesen wäre. Sie war eine Meisterin der Gestaltwandlung.

Dilara blickte sich um, es war ihr, als habe man innerhalb des Raumes eine Art magische Bannmeile über sie verhängt. Ihre Hände griffen in eine seidene Decke, die über das Bett gebreitet war, auf dem sie lag. Alles an der Einrichtung wirkte luxuriös edel, eine perfekte Mixtur fernöstlichen Stils mit europäischen Zügen, als habe der Innenarchitekt die beiden Wesenszüge des Besitzers hervorheben wollen.

Ihr Blick schweifte umher, doch sie konnte kein Fenster entdecken. Die wenigen Lichteinflüsse rührten von geschickt versteckten, dämmerigen Leuchtröhren her, als befände sich Dilara in einem geschmackvoll eingerichteten Verlies.

Ihr suchender Blick tastete die Wände ab und blieb an einer geschickt in die holzvertäfelte Wand eingelassenen Tür hängen, die von innen keinen Griff besaß.

Dilara versuchte sich aufzusetzen.

Doch wieder befielen sie die Schwäche und der Wunsch nach Nahrung, die sie benötigte, um zu überleben. Bekam sie diese nicht bald, würde sie dahingehen.

Als habe ihr Entführer einen siebten Sinn, öffnete sich eine Luke in der Tür ihres Gefängnisses, und ein Kaninchen wurde hineingeworfen. Das Tier lebte noch, verhielt sich aber wie unter Schock.

„Ich wünsche dir einen gesegneten Appetit, Dilara Demimondes!" ertönte eine wohlklingende, aber messerscharfe und eiskalte Stimme.

Sie zuckte zusammen und versuchte zu ergründen, woher die Stimme kam, konnte aber nichts ausmachen.

Angeekelt sah sie das Kaninchen an.

Sie sollte doch nicht etwa...?

Sie *sollte*!

„Nur zu!" höhnte der Unbekannte. „Es ist angerichtet!"

Dilara hatte sich noch nie so gedemütigt gefühlt. Doch die Schwäche, die immer bedrohlicher in ihr aufstieg, weckte auch ihren Überlebenswillen und Urinstinkt.

So glitt von dem Bett und tastete sich auf allen vieren zu dem Kaninchen vor, das immer noch wie paralysiert mit zuckenden Hinterläufen vor ihr lag.

Das Lachen des Unbekannten erscholl und erfüllte den ganzen Raum. Die Vampirin hob wie eine Großkatze die Oberlippe und stieß einen fauchenden Laut aus. Als Antwort nahm das Lachen noch mehr an Lautstärke zu. Es dröhnte und schmerzte in ihren Ohren. Im gleichen Maße schien die Energie aus ihrem Körper zu entweichen.

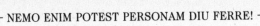 NEMO ENIM POTEST PERSONAM DIU FERRE!

Sie verzog schnuppernd die Nase.

Roch das Blut des Kaninchens, das allenfalls den ärgsten Hunger und Durst stillen würde.

Aber es war besser als nichts.

Als sie ihre spitzen Zähne in den Nacken des zappelnden Tierchens vergrub, spürte Dilara eine Welle der Übelkeit in sich aufsteigen.

*London, August 2006, LUNA-Tower*

Obschon der Privataufzug mit unglaublicher Geschwindigkeit den Räumen in der Spitze des Turmes entgegenschoß, hatte Luna den Eindruck, er bewege sich beinahe im Schneckentempo. Larvae, dieser Narr, hatte sie aufgehalten. Sie hoffte, daß er endlich begriffen hatte, daß sie auf einen geheimen Pakt mit ihm keinen Wert legte. Nicht, solange er allein einen Vorteil daraus zog. Insgeheim, so vermutete sie, war es sein Ziel, jemand anderen aus dem Bund des Schattenkelches zu verdrängen, um selber dessen Position einzunehmen. Dem machthungrigen Nosferatu mußte dazu jedes Mittel recht sein.

Der Fahrstuhl hatte endlich sein Ziel erreicht. Zischend glitten die Türen auseinander, und Luna trat in den angenehm sanft beleuchteten Flur.

Im Besprechungsraum erwartete sie Mike O'Connell, den sie von unterwegs aus angerufen hatte. Er nickte ihr trotz der Störung zu fortgeschrittener Stunde gutgelaunt zu.

Luna ersparte sich Entschuldigungen. O'Connell wurde dafür bezahlt – *außerordentlich gut* bezahlt –, daß er jederzeit zur Verfügung stand. Er war ihre Verbindung zur Menschenwelt. Und er hatte schon mehr als einmal bewiesen, daß er sein Geld wert war.

„Ich möchte, daß Sie Ermittlungen anstellen. Am besten noch heute nacht."

O'Connells linke Augenbraue zuckte in die Höhe. Ein untrügliches Zeichen dafür, daß sein Interesse erwacht war. „Haben Sie eine Spur?"

„Wir glauben zu wissen, wer hinter den Angriffen auf LUNATIC-Cosmetics steckt."

„Sie wollen sagen, Sie wissen, wer der Drache ist?"

„Ja. Wir haben einen deutlichen Hinweis erhalten. Finden Sie alles über einen Mann namens Lee Khan heraus!"

*London, August 2006, Paddington*

Als Mick die Augen öffnete, wußte er bereits: Es war wieder soweit. Die Unruhe, der Drang, seine Urseele forderten ihren Tribut. Er spürte diesen Hunger in sich, der alles andere überdeckte und ihn zu einem anderen Wesen machte, das nicht mehr dem jungen Cop glich, der stets ein verschmitztes Lächeln auf dem Gesicht trug.

Mit verschleierten Augen blinzelte er in das milchige Licht des anbrechenden Tages. In solchen Momenten konnte er Helligkeit kaum ertragen. Mick drehte sich vom Fenster weg, zog sich in Windeseile an und verbarg seine Augen hinter einer dunklen Sonnenbrille.

Es trieb ihn hinaus, und er kämpfte längst nicht mehr gegen diese Seite in sich an.

Sie war stärker geworden.

NEMO ENIM POTEST PERSONAM DIU FERRE!

Seit Dilara seine Wege gekreuzt hatte.
Seit dem Schattenkelch.
Seit Delphine...
Mick schwang sich auf seine BMW und fuhr mit halsbrecherischem Tempo los. Ziellos, einfach nur von seinem Instinkt gesteuert, der ihn bis an Dilaras Haus in der Park Lane brachte. Als wolle er damit symbolisieren, daß er die spezielle Nahrung ausgerechnet in Dilaras Refugium zu sich nehmen wollte. Denn immerhin benötigte er für die Suche nach der schönen Vampirin besondere Kräfte.

In einer dunklen Ecke stellte er seine BMW ab und verschwand in den dunklen Weiten des Hyde Parks.

Eine Weile streifte er ziellos umher, bis er einer Frau über den Weg lief, die ihn entfernt an Dilara erinnerte. So groß sein Hunger nach Menschenfleisch auch war, so heftig er in dem Moment aufwallte, er konnte sich nicht überwinden, dieses Opfer zu erwählen. So strich er weiter durch den Park, unruhig wie ein Wolf und dachte plötzlich an Cassandra, die ihn bei seiner letzten speziellen „Mahlzeit" beobachtet hatte.

Was wohl in ihr vorgegangen ist?, fragte er sich. Sie hatten nie richtig darüber gesprochen. Es war wie eine stille Übereinkunft zwischen ihnen gewesen.

Da sah er einen Mann mittleren Alters, der in die Büsche trat. Wohl um zu urinieren. Mick folgte ihm mit einem raschen Schritt, und während der Mann seine Blase erleichterte, schlug ihn Mick mit einem gekonnten Handkantenschlag zu Boden. Der Überfallene gab einen gurgelnden Laut von sich und rührte sich dann nicht mehr.

„So ist es brav!" sagte Mick leise, drehte sein Opfer auf den Rücken und betrachtete es.

Dann beugte er sich über den Hals des Mannes, biß hinein und riß ihm ein Stück Fleisch heraus.

*London, August 2006, LUNA-Towers*

Luna schritt wie eine nervöse Tigerin in ihrem Büro auf und ab. Die Entwicklung der letzten Wochen mißfiel ihr. Erst der Angriff auf ihr Kosmetikimperium, dann der Überfall auf sie, die fünf Clanchefs in dem neugebildeten Rat der Schattenwelt – und nun Dilaras Entführung.

„Das ist nicht gut!" murmelte sie. „Das gefällt uns ganz und gar nicht!"

Auch ihr neuer Berater war nicht so durchschaubar, wie sie es gerne gehabt hätte. Von Larvaes Auftauchen und sonderbarem Angebot ganz zu schweigen.

„Es ist an der Zeit, daß wir eingreifen, bevor uns alles entgleitet!" führte Luna ihr Selbstgespräch fort, als müsse sie zur Verdeutlichung laut sprechen. Sie überlegte, wie vorzugehen sei. Ein Alleingang bot sich nicht an. Dafür war auch ihr Konzern noch zu geschwächt. Und die Gefahr, die ihnen drohte, war essentieller als ein wirtschaftlicher Konkurrent. Das hatte Dilaras Entführung bewiesen.

Dilara!

Angespannt arbeiteten ihre Gedanken. Dilara! Ausgerechnet sie war entführt worden. Dahinter steckte ein perfider Plan, der ihr doppelte Sorge bereitete.

Dilara gehört uns!, dachte sie verbissen, wir werden nicht zulassen, daß ihr etwas zustößt. Die Konzernchefin horchte in sich, um festzustellen, wieviel Potential der Uraltseele, die in ihr wiedererwacht war, noch wirkte. Was sie sah, erschreckte selbst sie. Da war ein brodelnder schleimiger Pfuhl, der faulige Blasen warf und alles zu verschlingen drohte, was sich ihm näherte.

—— NEMO ENIM POTEST PERSONAM DIU FERRE! ——

Luna schloß die Augen. Es wurde Zeit, die beiden ambivalenten Seelen zu vereinen, die ihr Wesen so zerrissen machten und sie zusätzlich Energie kosteten. Und zu alter Kraft zu erwachsen.

*London, August 2006, in den Katakomben der St.Paul's Cathedral*

Guardian dachte lange über die Unterredung nach, das Luna mit ihm geführt hatte. Es war erstaunlich genug, daß sie ungefragt das Gespräch suchte, aber was sie ihm offenbarte, war schon eine Überraschung. Weniger erstaunte es den blonden Vampir, daß sie unangemeldet erschien. Das war eine ihrer Unarten, die er nicht sonderlich schätzte, weil es für ihn an schlechtes Benehmen und Uneinschätzbarkeit grenzte. Und beides gefiel ihm nicht. Luna war schon immer die Schwachstelle gewesen und von Anfang an sein Sorgenfaktor, was den Bund der Fünf rund um den Schattenkelch anging.

Was sie ihm aber nun offenbarte, ließ ihn erst einmal erbleichen.

„Wir kommen zu dir, Wächter, weil wir uns eine Weile zurückziehen werden. Wir müssen an unseren Ursprung zurück, um wieder *eins* zu werden!"

Guardian verspürte Beklommenheit in sich aufsteigen. Auf der einen Seite begrüßte er es, wenn sich die beiden zerrissenen Seelen in Luna vereinten, andererseits würde es die Gefahr, die sie darstellte, verstärken.

Guardian seufzte. Es war unnötig, sich darüber Gedanken zu machen, denn Luna hatte ihre Entscheidung längst getroffen, und die Vergangenheit hatte gezeigt, daß sie immer das, was sie sich vornahm, in die Tat umsetzte.

Vielleicht wird sie ja durch ihre Seelenzusammenführung besser einschätzbar, dachte er, ahnte aber, daß sie dann eine ernsthafte Gegnerin innerhalb des Bundes darstellte. Einzig ihre Machtgier, und daß sie die Magie des Kelches nicht alleine aktivieren konnte, würde sie an den Bund ketten.

Was ihm aber schon immer Unbehagen bereitet hatte und nun noch mehr Gestalt annahm, war Dilaras Rolle in allem. Auch was Luna anging. Die Mondgöttin wollte Dilara für sich. Guardian hatte es aber bisher nicht vermocht, in Erfahrung zu bringen, wozu sie seine Schwester benötigte.

Der Wächter atmete hörbar aus und beschloß wieder einmal, tiefer in seine Erinnerung, in seine und Dilaras Herkunft einzutauchen und zu forschen, wenn... ja, wenn die Gefahr, die von dem Drachen ausging, gebannt und Dilara wieder in Sicherheit gebracht worden war.

*London, August 2006, Park Lane*

Calvin blickte sich in dem Kaminzimmer um und blieb an der Kissenlandschaft hängen, in der Dilara und er immer bevorzugt saßen. Oder lagen, dachte er wehmütig und erinnerte sich an so manchen Moment, in dem sie sich dort geliebt hatten.

Ein stechender Schmerz durchfuhr ihn.

Wie immer, wenn er von Dilara getrennt war. Aber dieses Mal war es anders – viel intensiver. Dilara war der Umklammerung ihrer Besinnungslosigkeit entwichen. Er spürte, daß es der Gefährtin sehr schlecht ging. Die telepathische Verbindung war von ihrer Seite sehr schwach, und er vermutete, daß sie weitestgehend ihrer Kräfte beraubt worden war.

Die Türglocke schlug an, und er beeilte sich, zu öffnen.

„Hey!" Micks Grinsen hatte etwas Beruhigendes. Der junge Cop mit dem herzförmigen Pony und den bronzefarbenen Augen wirkte wie immer kraftvoll, als berge er ein schier unerschöpfliches Energiepotential in sich. Und so war es wohl auch. Besonders, weil er zwei spezielle Nahrungen zu sich nahm: Blut und Menschenfleisch.

Calvin vermutete, daß sich Mick vor der Abreise auf diese Art und Weise gekräftigt hatte. Als die beiden Männer im Kaminzimmer saßen, konnte Calvin die Frage, die ihm schon seit seiner Ankunft aus Wales auf der Seele brannte, nicht länger zurückhalten.

„Ich muß mir dir reden, Mick."

„Das kann ich mir lebhaft vorstellen. Es liegt ein schwerer Weg vor uns."

„Nicht darüber."

„Nanü!" gab Mick erstaunt von sich. „Worüber dann?"

„Hm! Ich weiß nicht so recht, wo ich anfangen soll."

„Keine lange Vorrede, komm einfach zum Kern", riet Mick, und sein jungenhaftes Grinsen erreichte auch seine Augen. Calvin hatte noch nie einen wärmeren Ton darin gesehen. Ihn beschlich das Gefühl, daß der Voodoovampir ahnte, worüber er mit ihm sprechen wollte. Als er immer noch nicht wußte, wo er ansetzen sollte, bestätigten Micks Worte seine Vermutung.

„Du willst mit mir darüber sprechen, daß ich hin und wieder Menschenfleisch zu mir nehme."

Calvin war baff, was sein Gesichtsausdruck deutlich zeigte. Mick warf den Kopf in den Nacken und lachte schallend. „Du müßtest mal dein Gesicht sehen. Der Ausdruck ist kaum zu überbieten!"

„Na ja, das ist schon ziemlich heavy, das mußt du zugeben!" verteidigte sich der Freund.

Wieder erscholl Micks Lachen, noch eine Spur lauter. „Du bist gut, das sagt mir einer, der andere regelmäßig zur Ader läßt und dessen Ahnen..." Er brach ab.

„Du weißt...?" stammelte Calvin mit weit aufgerissenen Augen.

„Wir sind wesensgleich. Das habe ich vom ersten Moment an gespürt. Wenngleich ich dich immer noch nicht richtig zuordnen kann, Calvin Percy Vale. Ich weiß nur eines: Du bist etwas ganz Besonderes." Grinsend setzte er hinzu: „Das hat auch schon eine gewisse Vampirin erkannt."

Über Calvins Gesicht huschte ein Schatten, als die Sprache auf Dilara kam. „Was meintest du damit, daß wir wesensgleich sind?"

Geschickt wich Mick einer direkten Antwort aus und kam mit einer Gegenfrage: „Worüber wolltest du mit mir reden?"

„Ich habe in Wales erfahren müssen, daß meine Ahnen dem Kannibalismus nachgegangen sind."

Micks Gelächter schien auszuufern. „Hahahaaa... ich kann nicht mehr. Mußt du dich immer so gestelzt ausdrücken?"

In den Heiterkeitsausbruch stimmte der Vampir nicht ein, sondern blieb gewohnt ernst. „Ich kann wohl nicht anders", meinte er.

Mick boxte ihn so heftig in die Seite, daß Calvin beinahe die Luft wegblieb. „Das stimmt nicht, du vergißt, daß mir hin und wieder deine kleinen Scherzchen zuteil wurden. Auch wenn du – zugegebenermaßen – damit recht sparsam bist. Dich belastet es, daß deine Vorfahren kannibalisch veranlagt waren, richtig? Aber warum? Du trinkst auch das Blut von Menschen."

„Ich esse sie aber nicht auf...wie ein... wie ein... Sorry, ich wollte dir nicht zu nahe treten."

Der Voodoovampir-Cop zuckte nicht mit der Wimper. „I wo!" sagte er leicht dahin. „Das kannst du nicht, denn ich esse Menschenfleisch, um mich am Leben zu erhalten..." Er zögerte, als glaube er selbst nicht so recht an das, was er soeben geäußert hatte. „Und aus rituellen Gründen. Wenn wir unsere fernöstliche Mission überstanden haben, wird es Zeit, daß ich dir mehr über mich erzähle. Zum besseren Verständnis. Und du wirst feststellen, daß wir sehr viel gemein haben."

Calvin stand von seinem Sessel auf. „Das habe ich auch im Gefühl. Aber nun sollten wir keine weitere Zeit verschwenden. Asien wartet!"

„Ja", knurrte Mick. „Asien, Dilara und Khan. Letzterer wird sich noch einmal wünschen, niemals unsere Wege gekreuzt zu haben!"

*London, August 2006, in den Katakomben der St. Paul's Cathedral*

„Habt ihr eure Reisevorbereitungen getroffen?" Guardians Stimme klang kalt und gefühllos, doch Calvin und Mick spürten deutlich, wie sehr ihn Dilaras Entführung mitnahm.

Calvin nickte stumm, und so sah sich Mick genötigt, das Gespräch zu bestreiten. „Wir sind reisefertig." Sein Gesichtsausdruck wurde grimmig. „Und sitzen morgen bereits im Flugzeug nach Shanghai. Ich gebe zu, ich bin nicht unbedingt ein begeisterter Flugreisender." Er vergrub beide Hände in den Taschen seiner engen schwarzen Jeans und begann auf und ab zu gehen, wobei ihm Calvin allzugerne Gesellschaft leistete. Er schien ohnehin ein Nervenbündel zu sein, seit Dilara von seiner Seite gerissen worden war.

Guardian lachte kurz humorvoll auf. „Bitte, könnt ihr euch für einige Minuten zusammenreißen und setzen? Ihr macht mich nervös." Er deutete mit einer knappen Bewegung auf die beiden Stühle, die vor seinem Schreibtisch standen.

Wie so oft in der jüngsten Vergangenheit stellte Calvin fest, daß niemand so sehr in die bibliophile Welt dieses steinernen Refugiums paßte wie der Wächter. Als habe Antediluvian alles für Guardians Zeit vorbereitet. Er vertrieb die Gedanken. Sein Leben hatte eine extreme Wende vollzogen, seit ihm Dilara den Kuß aufgehaucht hatte. Aber wenn er ehrlich zu sich selbst war, so sehnte er sich nicht nach seinem alten, sterblichen Dasein zurück. Besonders, seit er in Wales gewesen war und feststellen mußte, daß es mehr als fraglich war, ob er aus einem normalen Sproß stammte.

Ohne Dilara konnte er nicht mehr sein. Auch wenn sie schwerer als eine Grotte voller Fledermäuse zu hüten war, sich ständig selbst in Gefahr brachte oder wie jetzt gewaltsam aus seiner Nähe gerissen wurde.

Sein dunkles Herz zog sich zusammen bei dem Gedanken, daß sie womöglich Schaden nehmen würde. Der Schattenkelch, dachte er, wird er uns schützen? Wird er Dilara unverwundbar machen? Solange wir einig sind, sinnierte er. Doch sind wir das? Was ist mit Luna?

„Ihr seid also die Vorhut", drang Guardians Stimme in Calvins Gedanken. „Sobald ihr Näheres in Erfahrung gebracht habt, werde ich euch folgen, wenn es erforderlich ist. Denn zuvor gilt es noch, die Drachennester in London auszuräuchern." Ein ungewohnt grausamer Klang war in seiner Stimme, der verriet, wie sehr auch er von Dilaras Entführung betroffen war. Er blickte die beiden Männer, die kerzengerade vor ihm saßen, mit seinen hellblauen Augen an. „Ihr wißt, ich muß auch besondere Vorsorge zum Schutz des Kelches tragen."

„Wer wird dich im Falle des Falles hier vertreten?" fragte Mick.

„Das ist eine sehr gute Frage, über die ich nachzudenken habe." Guardian machte eine müde Handbewegung. „Wir leben in Zeiten, in denen man noch nicht einmal seinem eigenen Reißzahn trauen kann." Er grinste freudlos und flüchtig.

Mick riß die Augen auf. „Was war das?" fragte er amüsiert, für Sekunden flackerte seine unbeschwerte Art auf. „Ein Scherz aus dem Munde des Wächters?" Er klopfte sich auf die Oberschenkel. „Daß ich *das* noch erleben darf!"

Calvin zischte unmutig. Es war nicht an der Zeit zu scherzen. Micks Grinsen verschwand und machte einem schuldbewußten Gesichtsausdruck Platz. „Sorry!" brummelte er.

Der langhaarige Vampir nickte ernst und erhob sich. „Laß uns gehen, Mick." Er beugte sich zu Guardian über die Schreibtischplatte, die derzeit so dicht mit Papierbergen und Büchern belegt war, daß man kaum noch etwas von dem Holz sehen konnte. „Wir halten Kontakt über Luna. Sie ist technisch am besten ausgerüstet", sagte er unterschwellig vorwurfsvoll. Es behagte ihm nicht, sich von Luna Sangue abhängig zu machen, zumal er ihr immer noch mißtraute. Da sich aber Guardian nach wie vor strikt weigerte, sich technischen Errungenschaften zu erschließen, war das der einzige Weg der schnellen Kontaktaufnahme.

„Luna wird es nicht wagen, ihr eigenes Süppchen zu kochen!" meldete sich Mick wieder zu Wort und stand ebenfalls auf. „Sie ist viel zu machtgierig und weiß, daß sie ohne uns nicht die Magie des Schattenkelches nutzen kann."

Guardians Blick wurde tiefgründig. „Vergiß nicht – wir ohne sie auch nicht!" Er verschränkte die Hände wie zum Gebet. „Und nun wünsche ich euch, daß ihr erfolgreich seid. Auf der Suche nach dem Drachen und der, die uns allen besonders am Herzen liegt – Dilara."

*Shanghai, August 2006, Pudong*

Dilara schleuderte den leblosen kleinen Tierkadaver angeekelt von sich, wischte sich mit dem Handrücken über die Lippen, als könne sie damit das eben Erlebte ungeschehen machen. Noch nie hatte sie sich so schlecht gefühlt. So entehrt. Und immer noch war sie entkräftet. Ihr Peiniger hatte ihr gerade so viel Nahrung zugebilligt, um sie bei Sinnen zu halten, aber nicht genug, um sie richtig zu kräftigen. Sie spürte, daß ihr Gegner eine wirkliche Gefahr darstellte.

Als habe er ihre Gedanken erraten, hörte sie wieder sein spöttisches und triumphierendes Lachen. Dieses Mal jedoch nicht aus den versteckten Lautsprechern, sondern direkt aus dem Zimmer, das in dunkleres Licht getaucht worden war, als habe jemand einen Dimmer betätigt.

Sie hatte das Gefühl, als würde sie von einer unsichtbaren Macht an das seidige Laken des Bettes, auf das sie wieder gesunken war, gepreßt und gefesselt. Sie hob den Kopf um herauszufinden, woher das Lachen kam.

Vor allem, *wer* den Raum betreten hatte, damit sie endlich wußte, mit wem sie es zu tun hatte.

Eine hagere Gestalt mit stolzem aufrechtem Gang schritt in weichen, fließenden Bewegungen durch das Zimmer und blieb in moderater Entfernung zu ihr stehen. Er war mit einem schlichten, schmucklosen, schwarzen Anzug gekleidet, der einen fernöstlichen hohen Kragen besaß. Seine Hände waren feingliedrig, beinahe sensibel und lang.

Als Dilaras Blick nach oben wanderte, schrie sie vor Enttäuschung leise auf. Der Unbekannte hatte sein Gesicht hinter einer schwarzen Maske verborgen.

Er quittierte ihre Reaktion mit weiterem Gelächter, das sie allmählich wütend machte. „Zeig dich, du Feigling!" stieß sie hervor. „Warum verbirgst du dein Gesicht hinter einer Maske?"

„Das ist Teil des Spiels!" erwiderte er ruhig.

Und wieder wunderte sie sich über den unterschwellig angenehmen Klang seiner Stimme, der so gar nicht zu alledem, was sie ihr bisher offenbart hatte, paßte.

„Ich gebe dir gleich Spiel!" fauchte sie und brachte, trotz der unsichtbaren Fesseln, ihren Oberkörper ein wenig in die Höhe. Sie stütze sich auf die Unterarme und sah den Maskierten mit blitzenden Augen an. „Und wenn schon, dann *fair play*! Also, löse meine unsichtbaren Fesseln, damit ich dir offen gegenübertreten kann."

Der Maskierte lachte kurz und abfällig. „Netter Versuch!" und winkte ab, als langweile ihn das Gespräch. All der Haß, der ihr entgegendrang, und den er aus jeder Pore seines Körpers freizulassen schien, durchfuhr sie und ließ sie erneut auf das Laken zurücksinken.

Dann drehte er sich um und zischte im Gehen eine letzte Warnung: „Hüte dich, so rate ich dir. Niemand legt sich ungestraft mit dem Drachen an!"

**LAUFE NICHT DER VERGANGENHEIT NACH,
UND VERLIERE DICH NICHT IN DER ZUKUNFT.
DIE VERGANGENHEIT IST NICHT MEHR.
DIE ZUKUNFT IST NOCH NICHT GEKOMMEN.
DAS LEBEN IST HIER UND JETZT.**
*(Buddha)*

LAUFE NICHT DER VERGANGENHEIT NACH…

S hanghai, September 2006

Als das Flugzeug am Pudong-Airport aufsetzte, schoß beiden Männern das gleiche durch den Kopf: endlich! Sie fühlten sich unwohl in der engen Begrenztheit der Kabine und waren froh, ihr entfliehen zu können. Calvin konnte nur mit größter Beherrschung dem Drang widerstehen, sich in das fledermausähnliche Wesen zu verwandeln, dessen Gestalt er sich oftmals bediente.

Sie verließen mit den Passagieren die Maschine und begaben sich an die Kofferbänder. Mick beobachtete wiederholt die Menschen, die sich um das Laufband versammelt hatten und sah verräterisch lange zu einigen zierlichen Chinesinnen.

Calvin kicherte und vergaß für einen Moment den Grund ihrer Reise. „Es fehlt nur noch, daß du dir über die Lippen leckst", und versetzte Mick einen unsanften Stoß, der dem durchtrainierten Cop aber kein Wimpernzucken abnötigte. „Wie kann man nur so gierig sein", flachste er weiter.

„Na, hör mal", empörte sich der Cop gespielt. „Du hast gut reden, mit einem der schönsten Wesen an deiner Seite bist du ja bestens versorgt."

Schlagartig wurden sie ernst, als ihnen der Grund ihres Aufenthaltes in Shanghai bewußt wurde: Dilara!

Nachdem sie ihr Gepäck vom Band gehoben und ein Taxi gefunden hatten, ließen sich die beiden jungen Vampire zu ihrem Hotel bringen. Als sie ausstiegen und einen Blick auf den

Hotelkomplex in der Nan Jing West Road warfen, entfuhr Mick ein begeistertes „Wow", als er den hohen modernen Hotelturm sah. „Da hat sich Guardian aber nicht lumpen lassen und uns nobel untergebracht."

„Du hast recht, das ist in der Tat beeindruckend."

Mick grinste, nahm von dem Taxifahrer, der dienstbeflissen herumwuselte, die beiden Reisetaschen entgegen, entlohnte ihn mit einem fürstlichen Trinkgeld und wandte sich Calvin zu.

Der betrachtete das *Shanghai JC Mandarin* bewundernd, doch dann verdüsterte sich seine Miene. „Das erinnert mich schwer an Lunas Protzbau!"

„Stimmt. Aber hier mußt du dich an solche hoheitsvolle Pracht gewöhnen. Shanghai ist voll davon. Das ist eine Stadt der Superlative."

„Ich weiß!" sagte Calvin gedankenversunken und dachte an all die Fakten über diese Stadt, die er vor der Abreise zusammengetragen hatte. Immer mit Negativcharakter, weil Dilaras Entführung alles überschattete.

Sie betraten das Hotel, das in kühler Eleganz eingerichtet war. Links und rechts neben dem Portier standen zwei mandeläugige Schönheiten, die die beiden jungen Männer mit unverbindlichem Lächeln begrüßten. Calvin verspürte mit der Mentalität der Asiaten keine Gemeinsamkeit. Er tat sich schwer mit deren meist starrem Verhalten. Ständig hatte er das Gefühl, vor einer Maske der Emotionslosigkeit und auch Falschheit zu stehen. Vor Wesen, die eine Mauer vor ihrem Innern errichtet hatten.

Mick spürte seine Beklommenheit und ließ sich, nachdem sich die Zimmertür hinter dem Hotelboy geschlossen hatte, auf eines der breiten, luxuriösen Betten sinken. „Nicht schlecht!" tönte er zufrieden und beobachtete, wie sich Calvin auf das andere Bett setzte. „Du bist die personifizierte Gespanntheit!"

„Ich fühle mich auch so!" bestätigte Calvin und sah das Bild seiner Gefährtin vor sich – ihre blitzenden grünen Augen, die vollen, blutroten Lippen und das schwarze Haar. Er sehnte sich nach ihr. Nach allem, was sie ausmachte.

Er ließ sich rückwärts auf das Bett sinken und schloß die Augen. Dilara, dachte er verzweifelt, wo bist du? Ein warmer Strom durchfloß ihn, als wolle sie ihm eine Antwort geben, und er spürte die zarten Schwingungen des unsichtbaren Bandes, das sie auf so besondere Weise vereinte. Dilara, sandte Calvin ihr erneut seine Gedanken, und das Schwingen in ihm wurde heftiger.

Der langhaarige Vampir zuckte hoch und flüchtete förmlich wieder auf die Bettkante. „Sie lebt."

Auch Mick setzte sich schlagartig auf. „Dilara?" fragte er.

Calvin nickte.

„Na, davon sind wir doch eh ausgegangen. Du würdest es doch spüren, wenn sie... wenn sie..." Mick zögerte. „Wenn sie vergangen wäre!"

Wieder spürte der Vampir Schwingungen. Dieses Mal nachhaltiger, fast wie ein Hilfeschrei. Er sprang vom Bett auf und lief aufgeregt im Zimmer umher. „Sie macht sich bemerkbar."

„Also geht es ihr halbwegs gut, wenn sie dazu noch in der Lage ist."

Calvin lief immer noch herum, als gälte es, einen Marathon zu gewinnen.

„Kannst du mal damit aufhören?" forderte ihn der Freund auf. „Das machst mich verrückt, wenn du so herumrennst!"

„Ich kann nicht anders. Ich bin immer so, wenn mich etwas beschäftigt."

„Ja, richtig, Dilara hat es mal erwähnt." Mick runzelte die Stirn. „Wie waren noch ihre Worte? Er muß sich seine Emotionen manchmal ablaufen. – Da habe ich ja einen schönen Hektiker an meiner Seite", seufzte er. „Na, es gibt Schlimmeres."

Dann blickte er Calvin wohlwollend an. „Und ich kann es ja verstehen. Wenn einem das Liebste geraubt wurde..."
Der schmerzvolle Blick, den Calvin ihm zuwarf, sagte alles.

Dilara dämmerte vor sich hin, mit einem Gefühl, als habe man sie unter Drogen gesetzt. Wieder schweifte ihr Blick an den Möbeln des Zimmers entlang, bevor ihr Geist erneut absackte. Asien, dachte sie... Asien...
Und plötzlich lichtete sich ein weiterer Erinnerungsschleier.

*Shanghai, 1908*

Die Vielfalt der Farben und Formen war schier erdrückend. Dilara fühlte sich, als sei sie ihr gesamtes langes Leben blind gewesen... und taub, denn auch die Geräuschkulisse erwies sich als bemerkenswert. Die bauchigen Dschunken im Hafen waren voller schnatternder Passagiere und Arbeiter, die sich mit kehligen Rufen verständigten. Die Vampirin verstand kein Wort von dem, was sie sagten. Das Rauschen des Meeres, das dumpfe Tuten des Dampfers, von dem man sie gerade ausgebootet hatte, weil die hölzerne Landungsbrücke für Schiffe dieser Größe nicht angelegt war, das Knattern der bunten Segel im Wind, und dazu noch das Stampfen einer Dampflokomotive, die soeben in den Bahnhof am Ende der Hafenmole einfuhr... der Lärm wirkte infernalisch, und doch genoß sie es, denn all das war *Leben!*

LAUFE NICHT DER VERGANGENHEIT NACH...

Dilara mußte unwillkürlich lächeln. Sie packte den lächerlich kleinen Sonnenschirm fester, den ihr Tai Xian in die Hand gedrückt hatte, als er das Schiff betrat, um sie zu begrüßen. Eine steife Brise wehte vom Land her seewärts und trug fremdartige Düfte von unbekannten Gewürzen und geheimnisvollen Blumen mit sich. Aber je nachdem, aus welcher Richtung er kam, auch den Gestank von Abwässern, Abfällen und Tod.

Tai Xian... Antediluvians Statthalter in Shanghai. Ihr Meister hatte ihn angekündigt. Er war ein hochgewachsener, schlanker Mann mit markanten Gesichtszügen. Seine Wangenknochen waren ausgeprägt, wodurch die tief in ihren Höhlen liegenden Augen des Chinesen noch dunkler und trauriger wirkten. Das glatte, schwarze Haar trug er halblang und mit Pomade nach hinten gekämmt. Bekleidet war er mit einem knöchellangen Gehrock aus blauem, leinenartigem Stoff. Die goldenen Knöpfe, die ihn zusammenhielten, zeigten das Wappen Antediluvians.

Dilara fragte sich, ob auch er von ihrem Herrn den Kuß der Verdammnis empfangen hatte.

„Ich hoffe, Ihr hattet eine angenehme Überfahrt?" fragte er sie.

„Angenehm?" Dilara überlegte einen kurzen Augenblick und ließ sich von dem Chinesen, der ihr die Hand reichte, aus dem Boot helfen, das gefährlich schaukelnd an der Mole angelegt hatte. „Ich würde sagen... den Umständen entsprechend."

Die Fahrt war ihr endlos erschienen. Um nicht aufzufallen, hatte sie an dem Leben an Bord der SS Triton teilgenommen. All die öden Gala-Diners, oberflächlichen Unterhaltungen und albernen Aufführungen, die meist bedeuteten, dem Werben der männlichen Gäste ausgesetzt zu sein, ertrug sie nur widerstrebend. Sie benahmen sich wie eitle Gockel, plusterten sich auf, machten sich lächerlich für ein kleines Lächeln von ihr. Nicht einer war darunter, den sie interessant fand.

Doch sie mußte Blut trinken und kam bisweilen in Versuchung, ihren Durst an einem der Gäste zu stillen. Das jedoch hatte ihr Antediluvian ausdrücklich verboten. Also mußte sie bisweilen unerträglich lange warten, bis sie einen Hafen anliefen, um Brennstoff, Frischwasser und Nahrungsmittel an Bord zu nehmen. Doch auch ihre Beutezüge an Land waren nicht ganz ungefährlich. Als die SS Triton an einem späten Abend Durban anlief, trieb der Hunger die Vampirin in die Armenviertel der Stadt. Auf der Suche nach einem Opfer geriet sie in einen Hinterhalt bewaffneter Jugendlicher. Diese stellten an sich keine Gefahr dar, doch als sie erkannten, daß ihr Opfer kein gewöhnlicher Mensch war, hielten zwei von ihnen plötzlich bedrohlich spitze Pflöcke in der Hand, und aus den armseligen Hütten stürzten immer mehr Schwarze herbei und warfen sich auf sie.

Sie entkam mit knapper Not, indem sie ihre Form wandelte, doch selbst als sie halb Schatten, halb Nebel war, bedrängten und verfolgten sie sie noch.

Erst auf dem Schiff wagte sie es, wieder ihre menschliche Gestalt anzunehmen und aufzuatmen. Sie verließ ihre Kabine erst am nächsten Tag wieder, mit knurrendem Magen und der Furcht, man könne auch hier noch nach ihr suchen.

Den Rest der Reise war sie vorsichtiger. Die Erfahrung ihres langen Lebens hatte sie nicht davor geschützt, Fehler zu machen. An fremden Orten herrschten andere Gesetze, und wer die nicht kannte, begab sich in Lebensgefahr.

Allein deshalb war Dilara froh, daß Tai Xian sie vom Schiff abholte. Es wäre ihr schwergefallen, sich in der fremden Stadt zurechtzufinden, unter Menschen, deren Sprache sie nicht verstand, und deren Schrift sie nicht lesen konnte.

Dilara fiel plötzlich etwas ein: „Habt Ihr Antediluvians Geschenk?"

„Es ist in Sicherheit", entgegnete der Chinese. „Wir haben es von Bord holen lassen. Ihr braucht Euch keine Sorgen zu machen. Eure Mission ist nicht in Gefahr."

Ihre Mission... Dilara erinnerte sich an den Abend, an dem Antediluvian sie zu sich in die Katakomben unter der St. Paul's Cathedral zitiert hatte, um ihr einen Auftrag zu erteilen.

Er trug wie fast immer jenes Gewand, das mit silbrigen Schuppen – wie von großen Fischen oder Echsen – besetzt war und bei jeder seiner Bewegungen raschelte. Die Haare, die sein dunkelhäutiges, negroides Gesicht einrahmten, fielen lang herab, zu dicken Zöpfen gebunden, in die kunstvoll bunte Quasten eingeflochten waren. Der Blick seiner großen, leicht mandelförmigen Augen glitt von seinem Schreibtisch zu ihr hinauf und fixierte sie.

Vor Antediluvian lag aufgeschlagen das Buch, das sie so sehr begehrte und das einer der Gründe war, warum sie sich nicht längst von ihm losgesagt hatte: die Schattenchronik.

Er lächelte dunkel, als er ihren sehnsüchtigen Blick bemerkte. Antediluvian selbst hatte ihr das Buch vor Jahrhunderten für kurze Zeit ausgehändigt und ihr Schicksal auf diese Weise besiegelt.

„Sieh an... Dilara... du bist meinem Ruf gefolgt." Er dehnte seine Worte genüßlich. „Gut. Ich habe eine Aufgabe für dich. Nimm Platz!"

Dilara setzte sich. Sie versuchte, einen Blick auf die Schattenchronik zu werfen, doch sie konnte nicht lesen, was dort geschrieben stand. Die Schrift war zu verschlungen, und sie sah sie verkehrt herum. Die Vampirin gab den Versuch auf.

„Sie fasziniert dich noch immer, nicht wahr, Dilara? Die Chronik..."

Sie nickte, ohne etwas zu sagen. Das wäre überflüssig gewesen. Er wußte es ohnehin.

Wenn sie wenigstens noch einmal die Seite hätte lesen können, auf der sich ihre Abbildung befand.

„Ich könnte mir vorstellen, daß ich dir für eine befristete Zeit Einblick in das Buch gewähre. Wenn du den Auftrag zu meiner Zufriedenheit ausführst."

Dilara unterdrückte ihr inneres Aufbegehren. Antediluvian zu vertrauen hatte sich bisher stets als Fehler herausgestellt.

„Eine befristete Zeit?" fragte sie unwillig. „Was heißt das?"

„Sagen wir... einige Stunden... *unter meiner Aufsicht.*"

Sie wußte, daß er im Grunde genommen nicht dazu verpflichtet war, ihr irgendwelche Zugeständnisse zu machen. Er war der Fürst der Nosferati. Der mächtigste Vampir, der ihr je begegnet war. Er war derjenige, der sie zu dem gemacht hatte, was sie war. Er hatte ihr den Kuß der Verdammnis aufgehaucht. Und noch immer schien er gewisse Sympathien für sie zu hegen.

Sein Angebot war mehr, als sie erwarten durfte.

„Was muß ich dafür tun?"

„Ich möchte dich bitten, einer alten Freundin ein Geschenk zu überbringen." Antediluvian betrachtete scheinbar gelassen seine langen, sorgsam spitz zugefeilten Fingernägel.

Alter Schauspieler!, dachte sie. Als ob du irgend jemanden deinen Freund nennen würdest! Sie sagte jedoch statt dessen: „Was hält dich davon ab, demjenigen selber die Freude zu bereiten?"

„Sie lebt recht weit von hier entfernt", druckste Antediluvian herum, doch es war offensichtlich, daß auch das nur Teil seines Spiels war. „Und ich bin hier leider unabkömmlich. Du wirst verstehen…"

„Du möchtest, daß ich dir die Kastanien aus dem Feuer hole. Wie schon so oft!"

Wieder grinste der Nosferatu. Er wußte, daß er gewonnen hatte, denn ihre Neugierde war geweckt.

„Ich kapituliere vor deiner weiblichen Intelligenz, bezaubernde Dilara. Ich würde wirklich zu gerne selber gehen, aber du weißt, wie rasch die Geschäfte aus dem Ruder laufen…"

„Wohin?"

„Ich sagte dir, daß es eine etwas weitere Reise sein wird. Dein erstes Ziel heißt Shanghai!"

*London, September 2006, in den Katakomben der St. Paul's Cathedral*

Der Wächter fühlte sich merkwürdig einsam.

Jetzt, wo auch Calvin und Mick London verlassen hatten. Hinzu kam Guardians Sorge um seine Schwester. Durch ihre Entführung war ihm bewußt geworden, wie eng seine innere Verbindung zu ihr doch war, auch wenn sich das nach außen nie so recht zeigte. Wohl auch aus dem Grund, daß er es sich selber nicht eingestehen wollte, weil er sich immer als der Einzelgänger gefühlt hatte, der er im Grunde war.

Doch durch Dilara hatte sich das geändert, selbst wenn ihm Nähe nach wie vor Probleme bereitete. Aber ihre temperamentvolle und warme Art ihm gegenüber, die für Wesen wie sie eher untypisch war, kratzte an seinem inneren Eispanzer.

Selbst Calvins Anwesenheit tat Guardian gut, wie er feststellen mußte.

Dilara, dachte er, wie mag es dir ergehen?

In diesem Moment wünschte er sich eine ebensolche Verbindung zu ihr, wie sie Calvin hatte.

Er erhob sich hinter seinem Schreibtisch, strich seinen schlichten Anzug glatt und schickte sich an, die Bibliothek zu verlassen. Es wurde Zeit, die Obhut des Schattenkelches zu sichern, so daß auch er Mick und Calvin nach Asien folgen konnte.

Wie ein langgezogener Schatten floß der Wächter durch die dunklen und stillen Gänge der Katakomben, vorbei an der Nische, in der der Altar stand, den Antediluvian für seine Opferungen benutzt hatte. Er war seither verwaist. Guardian bediente sich anderer Rituale, die ihn und seine Art stärkten. Sein spirituelles Refugium war die Kuppelhalle geworden, in der der Kelch sein Licht entfaltet hatte und nun sicher verborgen war.

Guardian ließ sich von dem Wind, der merklich auffrischte, durch den Londoner Nebel bis an den Brompton Cemetery tragen und floß neben der Kapelle in die schützende Sicherheit der Welt der Cemeteries, die einmal seine gewesen und ihm dennoch schon fremd geworden war.

Er nahm wieder Gestalt an und eilte durch die verwinkelten Gänge. Auf seinem Weg zu Eurynome traf er auf einige Cemeteries, die ihn erfreut begrüßten. Guardian wußte, daß sie ihm immer noch wohlgesonnener als seinem Nachfolger gegenüber waren.

Schließlich erblickte er Eurynomes schlanke Gestalt und eilte darauf zu.

Dieser saß auf einer steinernen Bank in einer Meditationsnische, erhob sich und begrüßte seinen Besucher. „Wächter, es tut gut, dich zu sehen!" sagte er, für Guardians Geschmack ein wenig zu salbungsvoll. „Ich nehme an, du kommst nicht ohne Grund!"

Ein flüchtiges Lächeln huschte über Guardians Züge. „Du kennst mich gut. Und du hast recht, mein Besuch *hat* einen Grund. Einen wichtigen." Bevor Eurynome etwas erwidern konnte, fuhr er fort. „Den ich dir in Ruhe erläutern möchte."

Das Gespräch mit Eurynome hatte einige Stunden gedauert. Guardian war erst im Morgengrauen in seine Katakomben zurückgekehrt und hatte dort sofort Semjasa, seinen jungen Vertrauten, zu sich gerufen und ihn gebeten, für die nächste Nacht den Rat der Schattenwelt zusammenzurufen. Soweit dessen Beisitzende verfügbar waren, denn Dilara, Calvin und Mick fielen ja aus.

Auch Semjasa, den Guardian zuerst nur zögernd ständig in seiner Nähe geduldet hatte, war ihm fast unentbehrlich geworden. Beinahe wie ein Sohn oder jüngerer Bruder, was er Semjasas angenehmem Wesen zuschrieb.

Als sein Vertrauter die Bibliothek verlassen hatte, um den restlichen Mitgliedern des Rates der Schattenwelt die Bitte zu übermitteln, schloß Guardian die Augen. Er machte sich Sorgen. Um seine Schwester, den Bund der Fünf, die Schattengesellschaft... sie alle wurden von dem Drachen bedroht, der noch eine uneinschätzbare Gefahr darstellte.

Guardian lehnte sich auf seinem Stuhl zurück und dachte an das, was seine Bestimmung war, was sich aber noch nicht vollends aus dem Nebel seines Ichs herausgeschält hatte. Da war etwas, was er endlich erkennen mußte. Etwas, was wesentlich für sie alle sein würde und im Kampf gegen die Gefahr aus Asien hilfreich sein konnte.

Warum nur wehrte sich sein Unterbewußtsein so dagegen?

Diese berechtigte Frage schob er noch einmal weit von sich, auch wenn er wußte, daß es das letzte Mal war, daß er sich seiner Bestimmung entzog.

Er konnte Dilara, und was immer um sie herum geschah, nicht weiter allzu bereitwillig als Ausrede benutzen, sich nicht mit sich selbst auseinanderzusetzen.

*Shanghai, Oktober 1908*

Shanghai wucherte in diesen Jahren ungehindert und mit einer Geschwindigkeit, die jeder Besucher spontan als ungesund empfand. Das wirtschaftliche Wachstum und die Funktion der Stadt als wichtigster chinesischer Handelshafen zogen Schurken, Betrüger und Spekulanten aus der ganzen Welt an.

In Shanghai war alles möglich.

Man konnte ebensogut mit leeren Taschen ankommen und am nächsten Tag Millionär sein, wie auch in einer einzigen Nacht *alles* verlieren. Vor allem sein Leben.

Kontrolliert wurde die Stadt, die offiziell unter internationaler Verwaltung stand, durch organisierte Banden, deren am meisten gefürchtete die sogenannte *Green Gang* war, eine kriminelle Vereinigung arbeitsloser Seemänner. Wer sich ihnen nicht beugte, wurde auf grausamste Weise bestraft. So gehörte es zu ihrer langen Liste von Greueln, ihren Opfern die Sehnen an Armen und Beinen zu durchtrennen und sie meist auf offener Straße verenden zu lassen.

——— LAUFE NICHT DER VERGANGENHEIT NACH... ———

Niemand wagte es, sich diesen Verbrechern in den Weg zu stellen.

Für einen Bewohner der Schattenwelt war das Leben hier allerdings kaum weniger gefährlich als an irgendeinem anderen Ort der Welt.

Von den menschlichen Bewohnern hatten Vampire in Shanghai relativ wenig zu befürchten. Sicher, die Menschen waren abergläubisch, und sie kannten Geschichten über die Chiang-Shih, wie sie die Untoten nannten, aber es fand keine organisierte Jagd auf sie statt, und eigentlich glaubten nur die wenigsten an ihre Existenz.

Analog zur Verbrechenskultur in der menschlichen Gesellschaft gab es jedoch auch in der Schattenwelt Individuen, die danach strebten, möglichst viel Macht auf sich zu vereinen, und denen dafür jedes Mittel recht war.

Ihnen standen, wie Tai Xian Dilara erklärte, während sie sich von einer Kutsche durch die Stadt bringen ließen, die alten und mächtigen Clans entgegen, denen es wiederum gelungen war, auch Einfluß auf die menschliche Politik zu nehmen – durch Drohung, Bestechung und Sabotage. Sie waren bis in höchste Ämter aufgestiegen.

„Hat Antediluvian Euch gesagt, wen Ihr treffen werdet?" fragte Tai Xian plötzlich.

Dilara schämte sich einzugestehen, daß ihr Meister ihr dies verschwiegen hatte.

„Nein, er..."

„Ich verstehe schon. Es ist nicht seine Art, Untergebenen mehr zu verraten, als für die Erfüllung ihres Auftrages unbedingt vonnöten ist." Der Chinese lächelte wissend. „Vielleicht wollte er auch nicht, daß Ihr Euch unterwegs zu viele Gedanken macht."

„Wieso? *Müßte* ich mir denn Gedanken machen?"

„Nun ja... was würdet Ihr sagen, wenn ich Euch verrate, daß Ihr Tze Hsi treffen werdet."

„Tze Hsi? Ich fürchte, ich kenne diesen Namen nicht. Wieso also sollte es mich beunruhigen, ihn zu hören?"

Tai Xian schien wie vom Blitz getroffen: „Ihr kennt sie nicht? Die Nebenfrau des verstorbenen Kaisers Xianfeng, Gebärerin des Thronfolgers Zai Chun? Die... um es salopp auszudrücken... Kaiserin von China?"

Dilara ließ sich gegen die gepolsterte Rückbank fallen.

Eine Audienz bei der Kaiserin. Daß ihr Antediluvian dieses wichtige Detail verschwiegen hatte, mußte einen triftigen Grund haben. Ihre Mission sei von großer Wichtigkeit, jedoch völlig ungefährlich, lautete seine Behauptung.

Leider hatte sich in der Vergangenheit herausgestellt, daß ausgerechnet diese Aufträge ihres Herrn diejenigen waren, in denen sich ihr untotes Leben den größten Bedrohungen ausgesetzt sah.

Dilara hoffte, daß all das wirklich einen begrenzten Einblick in die Schattenchronik wert war.

*Shanghai, September 2006, Hotel JC Mandarin*

Beim Anblick der Drachendekorationen, die mit ihren geschwungen, gewundenen Leibern über die Köstlichkeiten des Frühstücksbuffets zu wachen schienen, blickten sich Calvin und Mick an.

„Der Drache!" murmelte Mick. „Überall verfolgt einen dieser verfluchte Drache."

Calvin nickte finster.

„Das wird uns aber nicht den Appetit verderben!" Mick leckte sich über die Lippen, als er die reichhaltige Auslage betrachtete. Er bediente sich großzügig, während sich Calvin mit einem Grapefruitsaft begnügte, als wolle er damit proklamieren, daß er auch in diesen Saal gehörte. Dabei schenkte ihm keiner sonderlich Aufmerksamkeit, was verwunderlich war, da er durch sein langes Haar und dunkle Kleidung nicht unbedingt der Norm entsprach. Auch Mick wirkte nicht gerade unauffällig. Aber die Besucher dieses Hotels waren alle ungewöhnliche Erscheinungen und bildeten ein buntes Völkergemisch, so daß die beiden Vampire nicht sonderlich auffielen.

Sie setzten sich an einen Tisch, von dem aus sie den Eingang des Speisesaales gut im Auge behalten konnten.

Calvin beobachtete Mick, wie dieser mit einem gesegneten Appetit seinen wohlgefüllten Teller leerte und dann von sich schob.

Danach deutete er auf Calvins Saft, der noch unberührt auf dem mit weißen Damasttüchern bedeckten Tisch stand. „Trinkst du den noch?"

Der Vampir schüttelte den Kopf. Ihm war seit geraumer Zeit wieder so, als bewege sich etwas in ihm. Ein Gefühl, das er nur allzu gut kannte. Dilara, dachte er und schloß die Augen.

„Mach dir keine Sorgen, wir finden sie!" flüsterte Mick ihm zu, als habe er Calvins Gedanken gelesen, und blickte sich aufmerksam um. „Wo bleibt nur das nette Wesen vom chinesischen Geheimdienst, das uns behilflich sein wird?"

„Du beeindruckst mich immer wieder."

„Und das will was heißen", schmunzelte Mick.

„Stimmt! Aber wie du so mir-nichts-dir-nichts eine chinesische Geheimdienstlerin aus dem Ärmel gezaubert hast, erstaunt selbst mich."

„Ja, ich habe dir doch schon oft gesagt, daß ich immer für

eine Überraschung gut bin!" Der Cop fuhr sich durch das kurze schwarze Haar, wobei sich seine Oberarmmuskulatur beeindruckend wölbte.

„Das bist du. In der Tat! Erst fädelst du es geschickt ein, Dr. Grean schmackhaft zu machen, daß du auf Recherche wegen der Morde des Bundes des Drachen nach Shanghai mußt, und dann noch diese chinesische Geheimdienstlerin. Ich bin wirklich neugierig, wie du das wieder zuwege gebracht hast..."

„Da kommt sie!" unterbrach ihn Mick.

Eine zierliche, in einen weißen eleganten Hosenanzug gekleidete Chinesin mit apartem Gesicht und einer schlichten, glänzend schwarzen Pagenfrisur durchquerte den Eßsaal und kam auf den Tisch zu, an dem die beiden Vampire saßen.

„Mister Bondye? Mister Vale?" fragte sie.

Mick nickte, und bevor er aufstehen konnte, reichte sie ihm schon die Hand. „Chan Suemi Tan!" Sie begrüßte auch Calvin und setzte sich zu den beiden Männern an den Tisch.

„Miß Chan Su..."

Sie lachte hell auf. „Brechen Sie sich bitte nicht die Zunge ab, Mister Bondye. Nennen Sie mich einfach Suemi."

„Okay, Suemi, ich bin Mick." Er tippte Calvin kurz von der Seite an. „Und dieser finster dreinblickende Bursche hier ist Calvin."

Suemi lächelte auf eine sinnliche Art, die Mick ansprach und in Calvin ein noch größeres Gefühl der Einsamkeit hervorrief, weil es ihm den Verlust von Dilara noch deutlicher machte.

Sie schien ein Gespür dafür zu haben. Ihr Lächeln wurde wärmer, mitfühlender. Dann öffnete sie die erlesene Ledertasche, die sie erst unter den Arm geklemmt getragen und dann neben sich auf den Stuhl gelegt hatte. Sie entnahm ihr eine dünne Kladde, legte diese auf den Tisch und schob sie zu den Männern.

„Der Inhalt dürfte interessant für Sie sein", sagte sie leise. „Khan ist ein einflußreicher Mann in dieser Stadt... in diesem Reich."

„Und ein Irrtum ist ausgeschlossen, daß es sich um den richtigen Khan handelt?" fragte Mick, wieder ganz der Cop.

„Ein Irrtum ist ausgeschlossen. Das Zeichen des Drachen war deutlich. Lesen Sie, und Sie werden verstehen!"

*Shanghai, Oktober 1908*

In einer Straße, die Shimen Lu hieß, befahl Tai Xian ihrem Kutscher anzuhalten. Die Straße wurde von Geschäften gesäumt, in denen man nicht weniger als *alles* kaufen konnte. Der Chinese bat Dilara, ihm zu folgen. Vor einem Laden, in dem Kleidung verkauft wurde, blieb er stehen: „Verzeiht, Herrin, doch in der Kleidung, die Ihr tragt, würdet Ihr noch mehr auffallen, als dies bereits durch Eure Schönheit der Fall ist. Und das wäre unserer Mission nicht zuträglich."

Sie betraten das Geschäft, und Tai Xian unterhielt sich in seiner Sprache mit einer kleinwüchsigen Verkäuferin, deren lebhafte Augen Dilara interessiert musterten. Sie nickte heftig, überschüttete sie mit einem Wortschwall und führte ihre beiden Besucher zu einem offenen Schrank, in dem sauber aufgefaltete Kimonos in den unterschiedlichsten Farben lagen.

„Sie sagt, diese Größe müßte Euch passen", übersetzte Tai Xian das, was Dilara lediglich als unverständliches Chaos fremd klingender Silben und Laute vorkam. „Möchtet Ihr einen anprobieren?"

„Mir wird wohl nichts anderes übrig bleiben." Dilara seufzte und ließ sich von der kleinen Frau zu einem Vorhang bringen, der einen Teil des Raumes abtrennte. Der Glaube, dort alleingelassen zu werden, täuschte sie allerdings. Immer noch fortwährend redend, begann ihr die Verkäuferin beim Anlegen des Kleidungsstückes zu helfen. Sie war darin so flink und diskret, daß Dilara froh war, es nicht alleine versucht zu haben.

Die Frau hatte ihr einen modern geschnittenen, dunkelroten Seidenkimono ausgesucht, der – wie Dilara gestehen mußte, als sie sich in einem Spiegel betrachtete – ihre Persönlichkeit sehr gut unterstrich.

Die Verkäuferin half ihr, ihre Haare nach Art der Chinesinnen hochzustecken. Wären da nicht Dilaras elfenbeinfarbene Haut und ihre europäischen Gesichtszüge gewesen, so hätte man sie nun für eine Chinesin halten müssen.

Die Frau nickte ihr aufmunternd zu und zog den Vorhang beiseite.

„Sehr gut!" stellte Tai Xian geheimnisvoll lächelnd fest. Ihm schien zu gefallen, was er sah. „Wir nehmen fünf davon mit verschiedenen Mustern", entschied er. „Und dazu passende Schuhe."

Antediluvians Quartier in Jinshan vereinte in sich Elemente europäischer und fernöstlicher Architektur. Es war eher unauffällig gestaltet und entsprach etwa dem Bild einer Handelsniederlassung. Dilara hatte nur geringe Ahnung davon, inwiefern sich die Machtstrukturen ihres Herrn mit denen der ortsansässigen Clans verwoben. Sie wußte wohl, daß es als

Spiegelbild von Chinatown auch eine eigene fernöstliche Schattengesellschaft in London gab. Doch es schien eine stillschweigende Vereinbarung zu bestehen, daß keine gegenseitige Einflußnahme versucht wurde. Ähnliches galt offenbar auch in umgekehrter Richtung.

„Das Obergeschoß steht ausschließlich Ihnen zur Verfügung, Miß Demimondes", erklärte Tai Xian und führte sie vom Salon aus über eine weit geschwungene, halb gewendelte Treppe zu ihren Räumen. „Meister Antediluvian bewohnt es bei seinen ausgesprochen seltenen Besuchen. Dort liegt alles bereit, was Ihr braucht."

„Am dringendsten brauche ich wohl Ruhe!" sagte Dilara. Sie war tatsächlich erschöpft. „Doch könnte ich vorher das Geschenk sehen?"

Der Chinese lächelte. „Natürlich. Es ist in Sicherheit. Soll ich Euch in den dafür vorbereiteten Raum führen?"

Dilara nickte: „Es hat nichts mit Mißtrauen zu tun. Es ist mehr..."

„Neugierde?" fragte Tai Xian. „Ich kann Euch verstehen. Ehrlich gesagt... wenn ich vor die Kaiserinwitwe träte, wüßte ich auch gerne, welches Geschenk ich ihr mache. Sie kann *sehr* ungehalten reagieren... Nun, folgt mir!"

Er führte sie durch das Haus hinab in einen Lagerkeller, der von außen über eine breite Rampe zu erreichen war.

Die ganze Reise über, und auch jetzt noch, wurde die Truhe von vier Dienern Antediluvians bewacht. Männer, von denen Dilara anfangs glaubte, sie seien mit der Anweisung versehen, kein Wort zu sprechen, bis sie dann feststellte, daß man jedem von ihnen die Zunge herausgeschnitten hatte. Das paßte zu Antediluvian, der selten ein unnötiges Risiko einging, wenn er sich einer Sache absolut sicher sein wollte. In solchen Fällen schreckte er auch vor Grausamkeiten nicht zurück.

Die Männer wechselten sich mit ihren Wachen ab. Sie waren asiatischer Herkunft und menschlicher Natur. Trotzdem glaubte Dilara in ihnen Kämpfer zu erkennen, die sich vor der körperlichen Überlegenheit Untoter nicht zu fürchten brauchten. In ihren Augen brannte ein fanatisches Feuer. Sie erinnerten Dilara an Shaolin-Mönche, die sie auf Abbildungen in Büchern gesehen hatte. Ihre weißen Gewänder verbargen wohl absichtlich nur unzureichend die durchtrainierten Körper, deren Haltung ständige Kampfbereitschaft ausdrückte. Sie waren vollkommen kahlrasiert.

Als Dilara und Tai Xian den Raum betraten, erhoben sie sich von den dünnen Matten, auf denen sie geruht hatten, und verbeugten sich ehrfürchtig.

Tai Xian erwiderte die höfliche Geste.

Die Männer ließen die Besucher passieren und verharrten in wachsamer Haltung.

Tai Xian schloß die Tür zu einem Raum auf, zu dem es keinen weiteren Eingang und kein Fenster gab. Rötliche Flammen brannten in kunstvoll geschmiedeten Drachenlampen und verbreiteten neben ihrem sanften Licht einen Duft, der an Baumharz erinnerte.

In der Mitte der kleinen Kammer ruhte auf einem Tisch das, was Antediluvian durch Dilara an die Herrscherin des Reiches der Mitte übergeben lassen wollte.

Es handelte sich um eine aus rot gebeiztem Zedernholz gefertigte Truhe, deren Seitenwände filigran durchbrochen waren. Ihr Dach lief spitz zu und war mit Blattgold überzogen. Der Künstler, den der Uralte beauftragt hatte, hatte in unendlicher Mühe die einzelnen Dachziegel ausgeformt. Wie Drachenschuppen reihten sie sich aneinander. Diese pagodenförmige Kiste, eigentlich nur Verpackung, doch an sich schon von großem Wert, stand nicht einfach auf dem Boden, sondern auf goldenen Tatzen, die entweder die eines Drachen oder eines Löwen waren.

Über das, was sich als Geschenk im Inneren der Truhe befand, konnte Dilara nur Mutmaßungen anstellen. Antediluvian hatte ihr eingeschärft, sie *auf gar keinen Fall* zu öffnen, was auch immer geschehe! Abgesehen davon wäre ihr das auch gar nicht ohne weiteres möglich gewesen, denn die Wächter hatten den Auftrag, niemanden unbeaufsichtigt in die unmittelbare Nähe des Geschenkes zu lassen und dieses mit ihrem Leben zu verteidigen.

Tai Xian sah, daß Dilara mit ihrer Neugierde rang. „Ihr möchtet wissen, was sich darin befindet?"

Sie zog es vor, mit einer Gegenfrage zu antworten: „Und Ihr?"

„Sicherlich! Immerhin…es gibt Hinweise auf den Inhalt."

„Hinweise?"

„Antediluvian gab mir Anweisungen. Die Truhe soll kalt und dunkel gelagert werden. Er hieß mich gewisse… Dinge besorgen, die darauf schließen lassen, daß es sich bei dem Geschenk um etwas Lebendiges handelt."

„Ein Tier also. Habt Ihr eine Ahnung, womit man der Kaiserinwitwe eine Freude machen könnte?"

„Ja", Tai Xian lachte auf, aber es klang wenig erfreut. „Das habe ich wohl. Gebt ihr die Möglichkeit, andere zu unterdrücken, ihnen Schmerzen zuzufügen und sie ihrer Würde zu berauben, wenn Ihr sie glücklich machen wollt."

## Shanghai, September 2006

Dilara öffnete mit einem Ruck die Augen.
Da schwang etwas in ihr. Etwas, was ihr nur zu vertraut war und ihr Auftrieb gab.
Calvin, dachte sie aufgewühlt, Calvin ist in der Nähe!
Ihr Geist drohte wieder abzusacken. Geschwächt von der Aushungerung, der man sie hier unterzog, und den Erinnerungen, die sie jäh ereilten. Dilaras Finger tasteten vorsichtig über ihr Gesicht. Ihre Haut fühlte sich faltig an und hatte an Straffheit verloren. Sie alterte! Sie verging!
Doch Calvins Anwesenheit, die sie deutlich spürte, aktivierte wieder die kleine energetische Flamme in ihr. Stöhnend hievte sie sich empor und setzte sich auf die Bettkante.
Denk nach, Dilara, forderte sie sich auf, denk darüber nach, wie du dich aus dieser unsäglichen Situation befreien kannst. Sie mußte ihren Entführer aus der Reserve locken, um ihre Möglichkeiten zu fliehen auszutaxieren. Ihr ausgeprägter Instinkt sagte ihr, daß man sie ständig beobachtete. Sie hatte das Gefühl, als wären unentwegt tausend unsichtbare Augen auf sie gerichtet. Was ihr naturgegeben schon Unwohlsein vermittelt hätte, da ihrer Art der Trieb, sich im Verborgenen zu halten, im Blut lag. Aber als Gefangene einem unsichtbaren Gegner ausgeliefert zu sein, und darüber hinaus unter ständiger Beobachtung zu stehen, zermürbte sie zusehends.
Hinzu kam die körperliche Schwäche.
Und diese traumhaften Erinnerungen.
Dilara sank auf das Bett zurück. Sie war müde, so unendlich müde. Die Sehnsucht nach dem ewigen Schlaf bemächtigte sich ihrer wieder. Es war so verführerisch, sich fallenzulassen, so schmeichelnd... dieses Dahindämmern, dieses Phlegma.

Gleichzeitig aber befiel sie ein lebenserhaltender Hunger und Blutdurst.

Dilaras Hände krallten sich in das Seidenlaken unter ihr.

Zur Hölle mit dem Maskierten. Er sollte sich endlich zu erkennen geben und den Grund ihrer Entführung offenbaren.

„Zeig dich, Elender!" schrie sie mit immer noch kraftvoller Stimme. „Ich weiß, daß du mich beobachtest. Zeig dich endlich!"

Als keine Reaktion erfolgte, sank sie wieder zurück, und ihr Geist vernebelte sich.

*Shanghai, Oktober 1908*

Bevor sich Dilara in ihre Zimmer zurückzog, erklärte Tai Xian ihr, welcher Ablauf für die nächsten Tage vorgesehen war. Am nächsten Morgen sollten sie mit einer Dschunke durch das Gelbe Meer nach Tientsin segeln, einer Hafenstadt, die hundertzwanzig Kilometer südöstlich Pekings lag. Von dort aus gab es ein gut ausgebautes, sicheres Straßennetz, so daß an Land zu ihrem eigentlichen Ziel mit einer Reisezeit von zwei Tagen zu rechnen war.

Obschon Dilara geradezu ausgelaugt war und die abgedunkelten, stillen und angenehm kühlen Räume eine einladende Wirkung auf sie ausübten, kam sie nicht zur Ruhe. Zu viele Eindrücke waren auf sie eingestürmt, und die vollkommen andersartige Kultur, in der sie sich wiederfand, gab ihr das Gefühl, von ihren Wurzeln losgerissen zu sein.

Tai Xian hatte sie gebeten, sich nicht von dem Haus zu entfernen, ohne sich bei ihm abgemeldet zu haben. Es war offensichtlich, daß er von Antediluvian den Befehl bekommen hatte, sie nicht aus den Augen zu lassen. Ihr Meister wußte um ihre Tendenz, eigenständig zu handeln.

Diese Bevormundung wiederum führte zu nichts anderem als einer Trotzreaktion der schönen Vampirin. Wenn Antediluvian ein Verbot aufstellte, *mußte* sie es brechen!

Ohnehin drängte es sie, sich selbst ein Bild von der Stadt zu machen, von deren pulsierendem Leben sie sich unwiderstehlich angezogen fühlte.

Dilara öffnete den hölzernen Laden eines Fensters und blickte hinaus auf die Straße. Im Schein der Abendsonne kehrten viele Menschen von ihrer Arbeit nach Hause zurück. Frauen, Männer und Kinder eilten mit ameisenhafter Geschäftigkeit durch die Straßen. Plötzlich fühlte sich auch Dilara überhaupt nicht mehr müde, sondern wollte an diesem Leben teilhaben.

Neben ihrem Fenster wuchs an einem Rankgerüst ein efeuartiges Gewächs bis zum Dach des Hauses hinauf. Erleichternd kam hinzu, daß drei mächtige Kiefern das Haus an dieser Stelle zur Straße hin abschirmten. Sie ermöglichten es ihr, eine Gestalt anzunehmen, in der sie einer Eidechse gleich hinab in den Garten klettern konnte, wo sie sich augenblicklich zurückverwandelte. Geschafft!

Sie sah sich um. Als sie angekommen waren, hatten sie auf dem Weg vom Hafen aus das Stadtzentrum Shanghais weitläufig umgangen. Aber in welche Richtung mußte sie gehen? Dilara beschloß, sich einfach dorthin zu halten, von wo die meisten Menschen kamen.

Bald hatte sie das Gefühl, sich verlaufen zu haben. Sie verlor die Orientierung in dem Gewirr von Gassen, in das die breiten, belebten Hauptstraßen mündeten; Gassen, vor deren Eingängen Kerzen in roten Papierlampions brannten, vom

Reiswein Betrunkene umhertaumelten und sich halbstarke Jugendliche für die Abenteuer dieser Nacht zusammenrotteten.

Dilara ging sowohl als Mensch durch diese schmale Straßen und auch als Schatten. Sie sog die Eindrücke der fremden Welt in sich auf und berauschte sich an der Verheißung der süßen Blutlust, die ihr an diesem Abend noch zuteil werden würde.

Da sie nichts von den Gefahren ahnte, die hier auf unwissende Besucher warteten, bewegte sie sich völlig sicher und arglos in Gegenden, die der Ortskundige wohlweislich mied.

Als sie glaubte, genug gesehen zu haben, rief sie aus dem Eingang eines verwahrlosten Hauses heraus ein alter Mann an. Er überhäufte sie mit einem Wortschwall, von dem Dilara kein einziges Wort verstand.

Ein merkwürdiger Geruch lag in der Luft. Sie konnte ihn nur schwerlich beschreiben. Ihre Vampirsinne schlugen Alarm. Dilara wurde seltsam benebelt. Sie wollte sich umdrehen und diesen Ort verlassen, da rief ihr der Chinese erneut etwas zu. Den Zeigefinger wie einen Haken krümmend, lockte er sie zu sich. Die Vampirin wollte widerstehen, doch statt dessen setzte sie wie in Trance einen Fuß vor den anderen.

Der Alte nickte ihr freundlich zu und grinste breit. Ihm fehlten etliche Zähne. Seine Haut war fleckig und wie gegerbtes Leder. Das graue Haar trug er zu einem Zopf gebunden und am Hinterkopf hochgesteckt.

Er ergriff ihre Hand und führte sie ins Haus hinein, in einen kurzen, schlecht beleuchteten Korridor. Mit seiner freien Hand schob er einen schweren Vorhang beiseite. Ein Kellerabgang wurde sichtbar. Der Alte wies hinunter, und Dilara folgte ihm, eine, dann eine zweite Treppe, tief in festen, gelben Lehm hineingegraben. Jeder Mensch hätte hier wohl ein Gefühl des Lebendig-Begraben-Seins verspürt, doch Dilara fühlte, wie diese Umgebung ihr Kraft verlieh und Klarheit in ihre Gedanken zurückkehren ließ. Es entsprach ihrer vampirischen Natur, solche Orte aufzusuchen. Sie konnte es nicht erklären, aber in feuchter Erde begraben zu sein, übte eine heilsame Wirkung auf sie aus. Schon oft war sie der endgültigen Vernichtung entgangen, weil sie gerade noch rechtzeitig beigesetzt worden war. Kurzzeitig. Ein bis zwei Tage reichten aus, um auch die schlimmsten Wunden zu regenerieren, wenn sie vorher ihren Hunger hatte stillen können.

Die Treppe mündete in eine Kammer, aus der ihr der betäubende Geruch ungleich stärker entgegenschlug als bisher. Er konnte ihr nun jedoch nichts mehr anhaben. Seine Wirkung wurde vom Element Erde neutralisiert.

Die Kammer, schummrig beleuchtet von einigen Kerzen, bot Platz für acht primitive Schlafstellen. Dilara hatte so etwas noch nicht gesehen, doch sie ahnte, was hier geschah.

Sechs der Pritschen wurden von Männern belegt, einer ausgemergelter und abgezehrter als der andere. Hohlwangig und aus erloschenen Augen betrachteten sie Dilara, ohne dabei von jenen seltsamen Pfeifen abzulassen, die, wie die Vampirin sogleich begriff, eine zerstörerische Droge enthielten, die sowohl ihre eigenen Sinne verwirrt hatte, und auch für den erbärmlichen Zustand verantwortlich sein mußte, in dem sich die sechs befanden. Während sich fünf von ihnen wieder uninteressiert von ihr abwendeten und ganz den Träumen hingaben, die ihnen das Gift schenkte, ließ der sechste seinen Blick auf ihr ruhen, als erforsche er ihr Innerstes. Er war kein Asiate wie die anderen, sondern Europäer. Seine Augen leuchteten auch jetzt, da sie ihren Glanz weitgehend eingebüßt hatten, noch strahlend blau.

Dilara konnte ihnen nicht ausweichen. Er schien ihr etwas mitteilen zu wollen, war aber offensichtlich zu schwach, um seine Stimme zu erheben. Mit einer müden Geste winkte er sie zu sich herüber. Sie blickte sich um und stellte fest, daß der Alte sie alleine gelassen hatte. Warum hatte er sie hergebracht?

„Gehen Sie weg... laufen Sie, Mädchen!" flüsterte der Mann, als Dilara näher an ihn herantrat. Sie konnte unmöglich sagen, wie alt er war.

„Wer sind Sie?" fragte sie. „Was ist mit Ihnen geschehen?"

Er war vollkommen unterernährt. Daher mochte auch seine Schwäche rühren. „Ich... sagte doch: Gehen Sie!" brachte er mit Nachdruck hervor, und diese Worte kosteten ihn soviel Kraft, daß Dilara fürchtete, er müsse das Bewußtsein verlieren.

Er erholte sich jedoch nach wenigen Augenblicken von diesem Schwächeanfall und flüsterte, um seine Kräfte zu schonen: „Sehe... schon, Sie gehen nicht,... bevor ich's nicht gesagt habe." Ein Zittern durchlief seinen Körper. „Mein... Name... ist Andrew Delany. Ich bin Engländer... wie Sie. Kam vor... sechs Monaten. Ein Fehler, hierher... zu gehen. Neugierde."

„Was haben sie mit Ihnen gemacht?"

„Haben... mir das... Gift gegeben. Süße Träume... viel schöner als alles, was... das Leben... zu bieten hat. Und doch auch... die Hölle... kam immer wieder... hierher. Ich... bin verloren!"

„Ich kann Sie hier herausbringen!" brachte Dilara mühsam hervor. Sie wußte nicht, warum, aber sie verspürte eine gewisse Affinität zu diesem Mann. Intuitiv hätte sie behauptet, daß es seine Augen waren, die sie an jemand erinnerten. „Es ist noch nicht zu spät. Hören Sie..."

„Sie können mir... nicht helfen!" unterbrach er sie, und die Erregung schien ihn unendlich viel Energie zu kosten. Dilara wollte ihm sagen, er solle sich beruhigen, doch er ließ sie nicht zu Wort kommen. „Gehen Sie,... sonst machen sie mit Ihnen...

dasselbe wie mit mir! Oder Schlimmeres!" Er schluckte und hustete schwach. „Für mich... ist... es zu spät. Komme nicht mehr los. Und jetzt... verschwinden Sie endlich!"

Die Verzweiflung in Delanys Augen bewegte Dilara, seine Worte ernst zu nehmen.

„Hören Sie denn nicht? Sie kommen!" fügte er rasch hinzu.

Nun vernahm auch Dilara die schweren Schritte, die die Treppe herabkamen. Das konnte nicht alleine der Alte sein, der sie hergelockt hatte. Er kam in Begleitung. Und das bedeutete erhöhte Gefahr.

Dilara war gewarnt durch den Effekt, den das Rauschgift auf sie ausgeübt hatte, das die Männer in dieser Kammer rauchten. Tai Xian hatte recht gehabt, als er sie vor Gefahren warnte, mit denen sie nicht umzugehen verstand.

Sie war in eine Falle gelaufen.

Die Vampirin drückte Delanys Hand zum Abschied und eilte zur Treppe. Zwei Schatten näherten sich im Lichte einer flackernden Fackel um die Biegung am Ende der ersten Treppe. Der eine überragte den anderen, bei dem es sich um den Alten handeln mußte, um beinahe die Hälfte.

Noch nie hatte sie einen so großen Mann gesehen. Er mußte stark gebeugt gehen, um überhaupt durch den Gang zu passen. Dilara vermutete, daß er mindestens zwei Meter fünfzig maß. Seine Hände waren gewaltig. Er hatte enorme Schwierigkeiten, mit seinen großen Füßen auf den Stufen der Treppe Halt zu finden. Dabei bemühte er sich, möglichst lautlos zu gehen, was ihm allerdings gründlich mißlang.

Sie hatte sich eng an die Wand angelehnt. Als die beiden Männer den Raum betraten und sie in dem trüben Licht suchten, stürzte sie an ihnen vorbei zur Treppe. Der Riese, der eine ungeahnte Gewandtheit an den Tag legte, bemerkte den Schatten, der an ihm vorbei huschen wollte, und griff nach ihr. Er bekam den Stoff ihres Kimonos zu packen, und dieser riß mit einem häßlichen Laut.

Dilara aber verwandelte sich im selben Augenblick in eine feinstoffliche Schattengestalt, der rohe Kraft allein nichts entgegenzusetzen vermochte. Verblüfft rief der Hüne dem kleineren etwas zu, doch die Vampirin hatte bereits das obere Ende der Treppe erreicht. Sie durchdrang den Vorhang und stieß mit einer Gestalt zusammen, die im Begriff war, das Haus zu betreten und durch die Berührung mit dem Schatten völlig verwirrt wurde.

Dann befand sich Dilara auf der Straße, konnte endlich wieder frei atmen und wollte nicht mehr an das denken, was sie soeben gesehen hatte.

Sie schaltete ihren Verstand aus, gehorchte nur ihren vampirischen Sinnen und suchte den Weg zurück zu Antediluvians Haus in Jinshan.

Tai Xian machte ihr bei ihrer Rückkehr schwere Vorwürfe. „Ich bin für Eure Sicherheit verantwortlich! Wie könnt Ihr mir das antun! Wenn Euch etwas passiert wäre…" schimpfte er. Der Chinese hatte auf sie gewartet und sie durch seine Diener in der ganzen Stadt suchen lassen, nachdem ihm aufgefallen war, daß sie das Haus verlassen hatte. „Antediluvians Strafe wäre schrecklich! Wo seid Ihr gewesen?"

Dilara schilderte ihm ihre Erlebnisse. Er hörte aufmerksam zu und sagte dann: „Chandu!"

„Was?"

„Ihr kennt es als Opium. Der Begriff bezeichnet jene Form, die geraucht wird. Seine Herstellung ist nicht ganz unkompliziert und dauert nach dem traditionellen Verfahren einige Monate. Die Männer, die Ihr gesehen habt, haben Opiumpfeifen benutzt, in denen das Rauschmittel nicht verbrennt, sondern nur soweit erhitzt wird, daß sich Rauch entwickelt."

„Diese Männer waren furchtbar... ausgezehrt. Als ließe man sie fortwährend zur Ader."

„Eine der Nebenwirkungen. Das Gift hemmt den Hunger. Es läßt den, der es aufnimmt, apathisch und teilnahmslos werden. Ihr habt recht. Es ist gewissermaßen ein Aderlaß. Aber ein geistiger." Tai Xian musterte sie immer noch sichtlich besorgt. „Mit Euch hatten diese Männer aber zweifellos andere Pläne. Ihr glaubt nicht, welche dunklen Kulte sich in dieser Stadt verbergen. Daß sie Euch vom Chandu abhängig gemacht hätten, wäre noch das geringste Übel gewesen. Ich darf nicht daran denken, was Euch widerfahren wäre! Das war sehr unvernünftig. Ich hoffe, Ihr haltet Euch zukünftig an meine Ratschläge. Wir werden morgen einen anstrengenden Tag haben und sollten versuchen, etwas Ruhe zu finden. *Wir alle*!"

*Shanghai, September 2006*

Der Drache rieb sich zufrieden die Hände. Es entwickelte sich alles nach Plan. Längst hatten ihm seine Späher berichtet, daß Calvin Percy Vale und Mick Bondye in Shanghai gelandet, und wo sie abgestiegen waren. Ebenfalls, mit wem sie sich getroffen hatten.

Das wird euch nichts nützen, dachte er und fieberte dem ersten Augenblick entgegen, wo er sich den beiden Vampiren zu erkennen gäbe.

LAUFE NICHT DER VERGANGENHEIT NACH...

Doch erst wollte er sich Dilara widmen!

Sie begann sich aufzulehnen, was genau seinem Geschmack entsprach. Er wollte ihren Kampf genießen, ihre Ängste, ihre Qualen und schließlich die Endlichkeit ihres unseligen Lebens. Doch vorher sollte sie mitansehen, wie die, die ihr etwas bedeuteten, vernichtet wurden. Allen voran Calvin Percy Vale!

Für diesen hatte sich der Drache etwas besonders Perfides ausgedacht.

Calvin Percy Vale würde seine Rache vervollkommnen.

Der Drache lächelte: Es war Zeit für den nächsten Zug!

*Shanghai, September 2006, Hotel JC Mandarin*

Mick und Calvin hatten sich schleunigst wieder auf ihr Zimmer begeben, nachdem sich Suemi mit den Worten: „Wenn Sie noch Hilfe brauchen, ich bin rund um die Uhr zu erreichen" verabschiedet hatte.

Calvin konnte es kaum erwarten, die Unterlagen zu sichten, und so eilte er im Laufschritt voraus, öffnete die Zimmertür, ließ sie weit aufstehen und breitete die Unterlagen auf einem der beiden Betten aus. Fieberhaft sichtete er die Aufzeichnungen, in der Hoffnung, auf den entscheidenden Hinweis auf Dilaras Aufenthaltsort zu stoßen, und sah sich erst einmal enttäuscht.

Mick registrierte seinen bewölkten Gesichtsausdruck. „Vergiß nicht, daß Suemi darauf hinwies, *wie*viel Macht dieser Drache besitzt", mahnte er.

„Ich weiß!"

„Und daß er natürlich für alles seine Handlanger hat."

Wieder kam ein leises tonloses „Ich weiß!"

„Was noch schlimmer ist: Keine Menschenseele hat ihn jemals zu Gesicht bekommen! Ebensowenig seine Schergen. Sie scheinen sich ständig in Nichts aufzulösen. Der einzige Anhaltspunkt scheint der Bund des Drachen in London zu sein." Mick sortierte die Unterlagen scheinbar ohne Plan, doch plötzlich stutzte er. „Hast du dir das schon näher angeschaut?"

Die Aufregung in seiner Stimme ließ Calvin aufhorchen. „Was denn?"

Mick wedelte mit einem Blatt Papier vor dessen Nase herum. „Das ist ja interessant. Hör mal zu, das stammt wohl von unserem ominösen Drachen. Sonderbar..."

*Mutterherz gegen Mutterherz.*
*Ost schlägt West.*
*Schwinge gegen Schwinge.*
*Turm schlägt Turm.*
*Bund gegen Bund.*
*König schlägt Dame.*

„Bund gegen Bund!" murmelte der Voodoovampir-Cop nachdenklich.

„Der Bund der Fünf, also wir!"

„Und wer ist der Bund, der dem entgegensteht?"

„Hm, der Bund des Drachen in London?"

„Das dachte ich auch... zuerst." Mick vollführte eine ungeduldige Handbewegung. „Aber mein Instinkt sagt mir, daß es keinen Bezug zu London hat, sondern zu Shanghai. Warte mal."

Er ergriff hektisch den Reiseführer, den er am Flughafen gekauft hatte, blätterte darin herum und tippte auf die aufgeschlagene Seite. „Wußte ich es doch: der Bund!" rief er, und in seine bronzefarbenen Augen trat ein elektrisiertes Funkeln.

„Ich wette mit dir, daß er Dilara dort irgendwo versteckt hält. Der eine Bund sind wir... wir fünf, du hast recht. Und der andere ist keine Organisation, wie es zu vermuten wäre, sondern dieser Bezirk von Shanghai!"

Calvin sprang von dem Sessel auf. „Worauf warten wir noch?" rief er ungestüm.

Mick Bondye beeilte sich, dem langhaarigen Vampir aus dem Zimmer und nach unten in die Hotellobby zu folgen.

*Shanghai, September 2006*

Dilara hob den Kopf, als sich die Schattengestalt mit der Maske wie ein Nebel in dem Raum bewegte. Wie schon beim ersten Mal war sein Gesicht verhüllt.

„Feigling!" zischte sie unter Aufbringung all ihrer Kräfte. „Warum verbirgst du dein Antlitz?"

„Warum verbirgst *du* deine *wahre* Seele?" antwortete er mit einem beinahe angeekelten Unterton in der Stimme.

„Wie meinst du das?" herrschte sie ihn an, hätte sich am liebsten auf ihn gestürzt und ihm die Maske heruntergerissen. Aber sie konnte sich nicht der mentalen Fesseln entziehen, die sie lähmten.

„Du lebst wie ein Mensch unter Menschen, bedienst dich ihrer, als wärest du Gott, nimmst ihnen sogar ihr Leben, um dein jämmerliches zu erhalten. Im Grunde bist du ohne sie ein Nichts!" Geballter Haß schlug ihr entgegen. „Was aber noch widerlicher ist – du gehörst zu den schlimmsten Kreaturen der Welt. In dir wohnen die tiefsten Abgründe. Du und deine Art gehört ausgelöscht. Für immer!"

Dilara fragte sich, was diese abgrundtiefe Feindseligkeit in ihm hervorgerufen hatte. „Wer bist du?" stammelte sie. Die Frage, was er von ihr wollte, erübrigte sich, denn das hatte er deutlich zum Ausdruck gebracht: Er wollte sie vernichten. Aber nicht nur sie, sondern ihre ganze Art.

Calvin, durchzuckte es sie ahnungsvoll. Er hat mich entführt, um Calvin hierherzulocken. Aber das kann nicht alles sein, dennoch...

Als lese er schon wieder in ihren Gedanken, lachte er triumphierend. „Du bist mein Trumpf, mein Lockmittel. Du wirst die Deinen ins Verderben stürzen. Und habe ich erst den Bund der Fünf gesprengt, diese unglückselige Allianz, die ich schon seit geraumer Zeit beobachte, werde ich auch den Rest der Brut zur Hölle schicken!" Wieder erklang sein Lachen. „Und bis dahin sollst du bei Kräften bleiben. Sieh, was ich hier für dich habe!"

Er verschwand aus ihrem Blickfeld. Dafür taumelte ein junger Chinese von schätzungsweise zwanzig Jahren in den Raum. Mit weitaufgerissenen Augen sah er das Wesen auf dem Bett an.

Diese Frau, die gleichzeitig jung und schön, aber vom Alter – einem sichtbaren Verfall – und der damit schwindenden Grazie gezeichnet war.

„Was ist?" erklang die Stimme wieder wie gewohnt aus jeder Ecke des Raumes. „Willst du dein unsägliches Leben nicht noch eine Weile erhalten? Soll dein Liebster umsonst nach Shanghai gekommen sein? Bediene dich! Nähre dich!"

Shanghai, dachte Dilara, ich bin in Shanghai? Daher die Erinnerungen... aber dann wurde ihr bewußt, was der Unbekannte noch gesagt hatte.

Sie hatte es richtig empfunden!

Calvin war hier!

Dilara schloß die Augen und stöhnte leise.

Das verhaßte Lachen schmerzte in ihren Ohren. „Solltest du tatsächlich Gefühle für ein anderes Wesen empfinden? Du? Eine armselige Kreatur der Nacht?"

Der Jüngling zuckte bei den letzten Worten wie unter einem Peitschenhieb zusammen und starrte Dilara panikerfüllt an.

Ihre wachen grünen Augen musterten ihn kalt.

Was er darin las, ließ ihn erstarren.

*Shanghai, September 2006, Bund*

Mick lehnte sich in das Polster der Taxirückbank zurück. „Shanghai, die Drachenkopf-Metropole, wie das alles paßt!" murmelte er vor sich hin. „Es wird immer stimmiger!"

„Wie bitte?" Calvin schien in Gedanken wieder bei Dilara oder noch bei den Unterlagen zu sein.

„Schon beeindruckend, diese Stadt, nicht wahr? Wenn man bedenkt: dreizehn Millionen Einwohner..."

„Mir ist jetzt nicht nach Sightseeing!" fuhr ihn der langhaarige Vampir unbeherrscht an.

Mick hob beschwichtigend die Hände. „Schon gut, schon gut, du Miesmuffel. Ich kann deine Sorge um Dilara ja verstehen. Ich teile sie sogar, aber das ist kein Grund, die Augen vor der Welt zu verschließen. Im Gegenteil! Je mehr wir wahrnehmen, desto besser!"

Sie verließen das Taxi und schlenderten die Promenade am linken Ufer des Huangpu-Flusses entlang. Hier hatte sich während der Kolonialzeit die Internationale Zone der Briten und Amerikaner befunden, was die beiden Vampire an manchen Bauwerken noch deutlich erkennen konnten.

„Das ist er also, der oft erwähnte Bund." Calvins Stimme verriet seine Anspannung.

Micks Blick schweifte über den Fluß, ans gegenüberliegende Ufer, und blieb dort an einem Turm hängen. „Sieh dort, auf der anderen Seite... der Pearl Tower...der Fernsehturm... gigantisch."

„Mich interessiert jetzt mehr diese Seite!"

Zustimmend nickte der Vampircop und wandte sich wieder dem Bund zu. „Das hat noch ganz nett britisches Flair. Eine perfekte Mischung von Asien und Europa", meinte er anerkennend.

„So wie der Drache?"

„Genau!"

„Ist das nicht sonderbar, Mick?" sinnierte Calvin vor sich hin. „Wir bilden einen Bund, treffen auf einen Gegner, der Asien und Britannien in sich vereint. Er entführt Dilara, bedroht uns und Lunas Imperium, und der erste greifbare Hinweis, auf Dilaras Aufenthaltsort zeugt von einem neuen *Bund*." Seine Rechte fuhr durch die Luft. „Diesem, an dem wir gerade entlanggehen."

*Shanghai, September 2006*

Dilara glitt mit weichen Bewegungen von dem Bett und auf den jungen Chinesen zu. Dieser wich einige Schritte zurück. So weit, bis ihm die Wand in seinem Rücken keinen weiteren Rückzug erlaubte.

„Ja, so ist es recht, zeig deine schwarze Seele!" ertönte es zufrieden.

„Du sollst verflucht sein!" schrie sie in den Raum. „Du wirst den Tag noch verfluchen, an dem du mich entführt hast!"

Das Lachen wuchs ins Unerträgliche an. „Zeig ihm und mir, was du wirklich bist! Ein Parasit, eine Massenmörderin..."

Der Jüngling stieß bei diesen Worten einen schrillen Angstschrei aus.

Dilara kümmerte es nicht mehr. Es galt, ihr Leben zu retten. Sie trat einen weiteren Schritt auf den Chinesen zu, so daß sie so dicht vor ihm stand, daß ihn ihre Brüste berührten. Flüchtig preßte sie sich an ihn, küßte ihn auf die Mundwinkel und berührte seine Haut. Sie war zart, wie die einer jungen Frau.

Trotz seiner Angst bekam er eine Erektion, die sie mit einem verschlagenen Lächeln quittierte.

„Gefällt dir das?" gurrte sie und rieb ihren Unterleib an seinem.

Der Jüngling gab einen verunsicherten Laut von sich, wehrte sich aber nicht mehr, als sich Dilara über seine Kehle beugte und erst sanft und dann immer fester hineinbiß. Mit gierigen Schlucken trank sie von ihm und fühlte, wie das Leben wieder in sie floß. Aber seine Seele war es, die es ihr erhielt. Ihr Opfer bäumte sich auf in dem verzweifelten Versuch, sie von sich wegzustoßen, aber sie umfaßte seine Handgelenke und umklammerte sie mit unmenschlicher Kraft. Drängte sie zurück.

„Wehre dich nicht!" flüsterte sie mit ihrer erotischen Stimme und löste ihre Lippen von seinem Hals. Blut rann aus ihren Mundwinkeln ihre weiße Haut entlang, die wieder straff und strahlend geworden war.

Der junge Chinese konnte seinen Blick nicht von ihr lösen.

Sie las Entsetzen über ihr Tun darin, aber auch Begehren bei dem Anblick, den sie ihm nun bot.

Dilara warf ihre Haare zurück und preßte sich wieder an den hageren, festen Männerkörper. „Wehre dich nicht!" wiederholte sie flüsternd und grub erneut ihre Zähne in sein zartes Fleisch. Solange, bis das Leben in ihm erlosch und sein Blick brach.

*Shanghai, September 2006, Bund*

Auf einer niedrigen Mauer sitzend betrachteten Mick und Calvin die Promenade, der sie gefolgt waren.

„Ist schon sonderbar, diese Verquickung von zwei Kulturen, findest du nicht auch?"

„Im Grunde bist du es auch!" meinte Calvin.

Der Voodoovampir-Cop nickte bedächtig. „Das stimmt." Seine sonderbaren Augen spiegelten eine Schwermut wider, die ihm sonst fremd war. „Und diese andere Seite in mir ist in letzter Zeit für meinen Geschmack viel zu rege."

„Du hast Angst davor", stellte Calvin ruhig fest und fuhr fort: „Ich kenne das! Mir geht es auch so. Da ist noch etwas in mir, wovor ich Furcht habe. Furcht, es freizulassen."

Micks Blick wurde rätselhaft. „Ist dir mal aufgefallen, daß das bei uns allen so ist... uns fünf... Dilara trägt etwas in sich, das wir noch nicht ergründen konnten, du ebenfalls, auch ich. Guardian ist mit Sicherheit zu Höherem bestimmt und Luna... in Luna schlummert sehr viel Urkraft, von deren Ausmaß weder wir noch sie selbst auch nur eine Ahnung haben."

„Du hast recht." Calvin blickte Mick an. „Ja, du hast recht."

„Und weißt du, was ich vermute?"

„Nein. Aber wie ich dich kenne, wirst du es mir gleich verraten."

„So ist es!" Mick nickte. „Sie sind doch ein schlaues Kerlchen, Mister Percy Vale."

„Tzzzzzzzzz."
„Ich vermute, uns fünf verbindet etwas Elementares."
„Die Vermutung habe ich auch. Bei Luna, Guardian und Dilara liegt es nahe. Aber wir beide, Mick, wie passen wir beide da hinein?"
„Das ist eine *sehr* gute Frage!"
Calvin zeigte sein bekanntes Grübelgesicht. „Du hast schon einiges zu bieten."
„Haha, das kann man schon sagen."
„Du hast uns nie verraten, wie es zu deinem Zwitterwesen kam."
Das Gesicht des Cops bewölkte sich. „Weil ich es selbst nicht zu hundert Prozent weiß."
„Das dachte ich mir. Wir sind schon zwei sonderbare Gesellen."
Schallend lachte Mick. „Das kannst du laut sagen. Aber einen dieser Gesellen liebt eine bestimmte wunderschöne Vampirin mit der ganzen Kraft ihres dunklen Herzens. Nun, ich glaube, es wird allmählich Zeit, daß ich um spezielle Hilfe bitte."
„Du meinst?" fragte Calvin zögernd.
„Bleibt nur die Frage, *wen*." Mick überlegte. „Hm, ich glaube, Greg wäre der Richtige. Wir sollten zurück ins Hotel gehen. Es muß ja schließlich nicht jeder mitbekommen, was ich manchmal so treibe."
In Calvin glomm Hoffnung auf. „Meinst du, Greg kann uns weiterhelfen?"
„Ich hoffe!"
„Dann laß uns fahren und keine kostbare Zeit vergeuden!"
Der Vampir sprang von der Mauer und wartete ungeduldig, daß ihm sein Freund folgte.
Doch der schien plötzlich in Gedanken versunken zu sein.

„Mick!"

Dieser glitt endlich geschmeidig von der Mauer. „Nun drängel doch nicht so. Das geht eh nicht auf Kommando."

„Nicht?" Die Enttäuschung war deutlich hörbar.

„Nur keine Panik, Kumpel. Das wird schon!" Er klopfte Calvin in seiner gewohnt burschikosen Art auf den Rücken. „Du mußt dich dann nur gepflegt zurückhalten. So ein Seelenkontakt fordert mir einiges ab."

**SOLANGE DU DEM ANDEREN SEIN ANDERSSEIN NICHT VERZEIHEN KANNST, BIST DU NOCH WEIT AB VOM WEGE ZUR WEISHEIT.**
*(Chinesische Weisheit)*

SOLANGE DU DEM ANDEREN...

*L*ondon, September 2006, in den Katakomben des Big Bens

Guardian blickte die Anwesenden des Rates der Schattenwelt, die sich in dem unterirdischen Sitzungssaal zusammengefunden hatte, ernst an. Dann blieb sein Augenmerk an den drei leergebliebenen Plätzen hängen, auf denen sonst Dilara, Mick und Calvin saßen.

„Es hat sich etwas ereignet, meine Freunde."

„Dilara wurde entführt!" Larvaes Stimme zerschnitt die Luft des Raumes. „Und wir und unsere Art werden aus dem Reich der Mitte bedroht!"

Alle sahen den Greis erstaunt an. Auf dem ein oder anderen Gesicht spiegelte sich Erschrecken, wie gut informiert Larvae immer noch war.

Auch der Wächter dachte, daß der Alte nicht zu unterschätzen sei. Und wieder beschlich ihn die Ahnung, daß Larvae etwas im Schilde führte. Besonders, als er den stummen Blickwechsel zwischen ihm und Luna bemerkte. Es führen *beide* etwas im Schilde, berichtete sich Guardian und faßte den Entschluß, Luna gezielt in Augenschein zu nehmen, sobald die Gefahr aus Asien gebannt war.

„Darüber sind ja bereits alle informiert, Larvae!" sagte Guardian ruhig, doch es war nur eine äußerliche Gelassenheit, die er zur Schau trug. „Und es wurde schon dementsprechend reagiert." Er berichtete in knappen Sätzen, was sich in den letzten Wochen zugetragen hatte, und daß sich Calvin und Mick bereits in Shanghai befanden. „Ich wollte ihnen erst folgen, denn sie haben mir eine Nachricht übermitteln lassen, daß sie erste Hinweise über Dilaras Aufenthaltsort haben, doch ich bin nach reiflicher Überlegung zu der Erkenntnis gelangt, daß ich hier dringender benötigt werde." Bei den letzten Worten blickte er Larvae und Luna scharf an. Die Vampirin hielt dem Blick hochmütig stand. Guardian schenkte ihr ein kühles Lächeln. „Wir sollten uns eventuell zusammen deiner Schwierigkeiten annehmen."

„Schwierigkeiten?" Luna hob die rechte Augenbraue, als fühlte sie sich durch seine Anrede belästigt.

Der Wächter nickte besonnen. „Deine wirtschaftlichen und persönlichen!"

„Die niemand etwas angehen!" zischte sie.

„Solange sie den Bund nicht gefährden! Das ist aber nun zu befürchten. Daher ist es nicht mehr alleine deine Angelegenheit. Und bevor du wieder protestierst – ich möchte jetzt kein Veto vernehmen, Luna Sangue!"

*Shanghai, September 2006, Shanghai JC Mandarin*

Die Freunde hatten sich sofort in ihr Hotelzimmer zurückgezogen. Calvin beobachtete mit stillem Interesse, daß sich Mick immer mehr in sich zurückzog, als bereite er sich meditativ auf den Seelenkontakt vor. Dann nahm der Voodoovampir eine Tube zur Hand und verschwand damit Richtung Bad. Calvin wollte etwas fragen, aber er dachte an die Ermahnung, sich zurückzuhalten, wenn sich Mick für den Kontakt zu Greg Lanes Seele vorbereitete.

So setzte er sich in einer Ecke des Zimmers auf den Fußboden – als wolle er sich verbergen – und sehnte sich die Zeiten mit Dilara im Kaminzimmer in der Kissenecke ihres Hauses zurück.

Als aus dem Bad seltsame Geräusche drangen, lehnte Calvin

SOLANGE DU DEM ANDEREN...

den Kopf gegen die Wand, schloß die Augen und lauschte den sonderbaren Lauten, die Mick ausstieß.

„Ich freue mich!" rief Gregs Seele und streckte sich. „Du hast lange Zeit auf dich warten lassen."
„Das hatte seinen Grund!"
„Ich weiß, ich weiß!" frohlockte Greg. „Du bist ein vielbeschäftigter Mann." Ein Kichern erklang. „Und einen neuen Partner hast du auch."
„Damned!" fluchte Mick.
„Mick, Mick, du mußt noch viel lernen. Schließlich bist du nicht schuldlos daran, daß du ihn bekommen hast."
Mick gab einen grunzenden Laut von sich.
„Du solltest vor ihm auf der Hut sein!" warnte Greg.
„Dachte ich es mir! Was ist mit ihm?"
„Dafür ist jetzt nicht die Zeit, du hast Wichtigeres zu tun!"
„Stimmt, kannst du mir sagen, wo Dilara gefangengehalten wird?"
„Ich habe nur vage Informationen."
„Das auch noch. Heute scheint wieder mein Glückstag zu sein!" murrte Mick ironisch.
„Ooooch, du bist aber negativ eingestellt."
„Mir ist wirklich nicht zum Scherzen zumute. Es steht zu viel auf dem Spiel. Also, bitte, Greg, hilf mir!"
„Das werde ich, das werde ich!" Seine Seele schien sich zu entfernen und eine andere hinzugekommen zu sein. Mick meinte, ein leises Murmeln zu vernehmen.
Ungeduldig wartete er darauf, daß sich Gregs Seele wieder ihm zuwandte, was auch wenig später geschah.

„Ich konnte nur soviel herausfinden, daß dein Drache in einem Turm..."

„Turm gegen Turm!" flüsterte Mick. „Turm gegen Turm."

„Du hast es!" frohlockte Greg, dessen Seele sich sichtlich wohlfühlte in der Welt, in der sie jetzt ihr Dasein fristete. „Dein Drache hat ein Refugium im Jin Mao Tower, auf der letzten Etage, direkt unter dem Dach!"

„Ich danke dir, Greg!" sandte ihm Mick ehrlichen Herzens zu.

„Für dich bin ich immer da, Mick!"

Ein warmes Lachen durchdrang Mick. „Ich auch! Und hab kein schlechtes Gewissen mehr. Es geht mir gut, hier, wo ich bin!" Ein Kichern durchzog ihn. „Ich fühlte mich noch nie so – so leicht!"

*Cassandra!*

Mick durchfuhr ein heißer Strom, und er stieß einen befreiten Schrei aus.

Calvin wollte geduldig darauf warten, bis sich die Badezimmertür wieder öffnete, aber als Micks Schrei ertönte, fuhr der langhaarige Vampir wie elektrisiert vom Boden hoch, rannte zum Badezimmer, riß die Tür auf und sah Mick auf den Fliesen sitzen. Den Rücken an die Wand gelehnt, die Augen geschlossen, dabei den Mund leicht geöffnet, so daß Calvin Micks Zahnfleisch sehen konnte, das mit einer übelriechenden schwarzen Paste eingerieben war.

Calvin verzog angewidert das Gesicht, ging vor Mick in die Hocke und betrachtete ihn besorgt. Als sich der Voodoovampir nicht rührte, berührte Calvin vorsichtig dessen Arm. „Mick, ist alles in Ordnung mit dir?" fragte er eindringlich.

## SOLANGE DU DEM ANDEREN...

Der Angesprochene zeigte keine Reaktion.

„Bist du in Ordnung?" wiederholte er seine Frage erheblich lauter und schärfer.

Micks Augenlider flatterten, doch sie öffneten sich nicht. Calvin fragte sich verunsichert, was zu tun sei.

Er schüttelte Mick leicht, dann fester.

Ein Stöhnen erklang, gefolgt von einem geflüsterten. „Cassy?"

„Nein, ich bin's, Calvin!"

Micks Lider öffneten sich im Zeitlupentempo. Aber es war kein Erkennen in seinem Blick. Erneut fragte er leise. „Cassy?"

Hölle noch mal, dachte Calvin, diese Seelenkontakte können auf die Dauer nicht gut für ihn sein. Und er schwor sich, Mick darauf anzusprechen, wenn... ja, wenn Dilara wieder in Sicherheit war. Der Gedanke an seine Gefährtin, die das Schicksal von seiner Seite und aus seinem Leben gerissen hatte, mobilisierte ihn.

„Mick, hast du etwas über Dilaras Aufenthaltsort erfahren?"

Als Calvin den Namen der vermißten Vampirin nannte, ging ein Ruck durch Micks Körper. Sein Blick wurde wieder durchdringender, als kehre der Cop endlich wieder vollends in diese Welt zurück.

„Alles in Ordnung?" erkundigte sich der Vampir zum dritten Mal.

Mick nickte und versuchte, sich vom Boden hochzustemmen. Calvin griff ihm unter die Arme und half ihm. Der Voodoovampir-Cop verzog die Mundwinkel. „Gib mir noch ein paar Minuten!" sagte er und verließ leicht wankend mit Calvin das Bad. „Dann bin ich wieder ganz der Alte!"

*London, September 2006, LUNA-Tower*

Luna Sangue kochte vor Wut. Wie konnte es Guardian wagen, sie derart bloßzustellen?! Besonders jetzt, da die neuen Clanoberhäupter mit zu dem neuen Rat gehörten. Luna traute keinem von ihnen über den Weg. Ausgerechnet vor ihnen von dem Wächter zur Rede gestellt zu werden, bedeutete für sie eine doppelte Demütigung.

Luna stieß einen derben Fluch aus, als sie daran dachte, wie eiskalt Guardian ihre Verbalattacken, die sie gegen ihn losgelassen hatte, pariert hatte – mit seinem ruhigen und selbstsicheren Lächeln, das sie ihm am liebsten aus dem Gesicht geschlagen hätte. Mit ihren knallrot lackierten Fingernägeln, die immer mehr an die Klauen eines Raubvogels erinnerten.

Dieser vampirische Rauschgoldengel, durchfuhr es sie zornig und rachedurstig, er wird noch einmal zu spüren bekommen, daß man mich nicht reglementiert!

Doch der Zeitpunkt war noch nicht gekommen.

Sie war zu geschwächt, in mehrfacher Sicht.

Und zuviel stand derzeit auf dem Spiel. Allem voran Dilara, die *ihr* gehörte. Ihr allein! Luna hob die Oberlippe, so daß ihre spitzen Schneidezähne sichtbar wurden, und stieß den zischelnden Laut aus, der zu ihr gehörte wie ihre ungewöhnliche Augenfarbe.

Mehr denn je wurde ihr bewußt, daß sie an den Ort ihrer inneren Kraft, ihrer Spiritualität zurückkehren und ihre gespaltene Seele vereinen mußte.

Niemand wußte von dem geheimen Raum in dem Tower, in den sie sich nun zurückziehen würde. Lunas schmale Schultern strafften sich. Ihre Gegner, aber auch ihre Verbündeten würden sich wundern. Allesamt!

Sie trat an den Aufzug, dessen silberne Tür sich geräuschlos

SOLANGE DU DEM ANDEREN...

öffnete, betrat die schmale Kabine, drückte einen kleinen Knopf, und der Lift verschwand im Nichts.

Von jenem Moment an war Luna Sangue aus dieser Welt verschwunden.

*Shanghai, September 2006, Shanghai JC Mandarin*

„Hast du etwas über Dilaras Aufenthaltsort erfahren?" drängte Calvin einige Minuten später, nachdem Mick seinen Mundraum gereinigt hatte. Als der Voodoovampir nur nickte, fühlte sich Calvin genötigt, weiter in ihn zu dringen. Er konnte seine Ungeduld einfach nicht mehr bezähmen. „Wo soll sie sein?"

„Im Jin Mao Tower!" sagte Mick erschöpft.

„Hm... in Pudong... der Tower ist doch über vierhundert Meter hoch und einer der höchsten Wolkenkratzer der Welt."

„Genau der." Mick ließ sich auf sein Bett sinken. Auf seinem Gesicht war Erschöpfung zu sehen. Und er wirkte irgendwie älter. „Ab dem 53. Stock ist er sogar ein Hotel, habe ich mal gelesen."

Calvin schnappte sich den Reiseführer und suchte hektisch die Informationen über den Jin Mao Tower heraus. „Stimmt!" In seiner Stimme schwang wieder mehr Leben, jetzt, da er Hoffnung hatte, Dilara wiederzufinden. „Das Grand Hyatt. Es ist das höchste Hotel der Welt."

„Sagte ich doch: Shanghai ist die Stadt der Superlative."

„Wer weiß, wo Dilara gefangengehalten wird." Calvin betrachtete die Abbildung des Towers. „In dem Monstrum gibt es unzählige Möglichkeiten, eine Frau zu verstecken."

„Stimmt!" nuschelte Mick, stand auf und ging ins Bad.

„Aber meine Information lautet: direkt unter dem Dach. So viele Möglichkeiten gibt es da sicher nicht!"

Wenig später hörte Calvin das Wasser ins Waschbecken laufen. Und Geräusche, als schaufle sich Mick Wasser in das Gesicht, um wieder fit zu werden.

Als der junge Cop zurückkam, knüpfte er an das Gespräch wieder an. „Eine normale Frau schon", feixte er, wenn auch noch ein wenig kraftlos. „Aber keine wie sie! Für sie sind schon besondere Vorkehrungen erforderlich."

Er sah Calvins fragendem Gesichtsausdruck deutlich an, daß ihm Dilaras Gefährte nicht folgen konnte. „Na, sie als die perfekte Gestaltenwandler kann man in einem normalen Raum kaum bändigen."

„Es sei denn, man beraubt sie ihrer Kräfte und läßt sie aushungern."

„Diese Befürchtung teile ich, mein Freund. Doch würdest du es dann nicht spüren?"

„Ja, das würde ich. Aber das intensive Zeichen, das sie mir schickte, kann auch ein Hilfeschrei...", Calvin stockte, „ein letztes Aufbäumen sein!"

„Nun male mal nicht so schwarz. Du kennst doch unser lockenköpfiges Temperamentsbündel. So schnell gibt sich die Dame nicht geschlagen!"

*Shanghai, September 2006*

Dilara fühlte, wie sich die neuen Lebenskräfte wieder in ihr ausbreiteten, nachdem sie sich an dem jungen Chinesen schadlos gehalten hatte.

Sie ließ den schlaffen Körper zu Boden sinken und ging in dem Raum, in dem sie gefangengehalten wurde, auf und ab. Ihre Augen hatten sich längst an das stetig künstliche Dämmerlicht gewöhnt. Auf den ersten Eindruck wirkte die Einrichtung wie die eines normalen Zimmers. Doch der Schein trog. Die Möbel waren, bis auf das Bett, nur Staffage. Das asiatische Sideboard war leer, der moderne europäische Schrank ebenfalls, und auf dem zierlichen, auf gebogenen Drachenklauenfüßen stehenden Schreibtisch befand sich nicht ein Blatt Papier und auch keine Schreibmöglichkeit.

Der Raum wirkte wie das, was er war: ein Gefängnis.

Dilaras Blick wanderte zu der Leiche des Jünglings auf dem Boden, und sie fragte sich, wann man diese entfernen würde.

Allmählich drängte sich wirklich der Verdacht auf, daß ihr Entführer ihre Gedanken las, denn es öffnete sich ein schmaler Spalt in der Wand, und eine Eisenstange mit einem Widerhaken wurde hindurchgesteckt, damit nach der Leiche geangelt und diese langsam aus dem Raum gezogen werden konnte. Die Vampirin war entsetzt über ihre gleichmütige Reaktion, aber sie wußte, daß es sinnlos war, nach einer Möglichkeit zur Flucht zu suchen, als sich der Spalt in der Wand auftat.

Die Leiche des Chinesen war mittlerweile aus ihrem Blickfeld verschwunden, und sie sah, wie sich die Öffnung in der Wand wieder schloß.

Als habe er nur darauf gewartet, entließ ihr geheimnisvoller Entführer ein zufriedenes „So ist es recht, mein Kätzchen!" in den Raum.

Dilara wollte schon eine unbeherrschte Antwort in das Nichts, wie ihr schien, loslassen, besann sich aber eines Besseren. Ihr war nicht entgangen, daß es ihr Entführer darauf abgesehen hatte, sie zu demütigen, zu quälen, und daß er sich daran ergötzte.

Diese Freude würde sie ihm nicht mehr machen.

So schwer es ihr auch fiel, aber sie reagierte nicht darauf, sondern ließ sich mit einer geschmeidigen und lasziven Bewegung auf das Bett sinken und schloß die Augen. Sie lag da mit rosigen Wangen, die deutlich zeigten, daß sie ihren Hunger und Durst gestillt hatte und das helle Weiß ihres Gesichtes noch unterstrichen, da.

„Meine Gute, du wirst doch nicht immer noch Schwäche zeigen? Hat dir der Gourmethappen nicht geschmeckt?" Die Stimme klang nicht mehr so zufrieden.

Dilara rührte sich nicht.

Auch das Lachen klang unzufrieden. „Probst du gerade den Aufstand? Das wird dir nicht gelingen. Deiner Art liegt das nicht, auch wenn sie das Niederste ist, was es gibt!"

Ihr war klar, daß er sie beleidigte, um sie herauszufordern, das versetzte sie in ein Hochgefühl. Sie wußte nun, wie sie mit ihm umzugehen hatte, wie sie ihn aus der Reserve locken konnte. Sie mußte ihn nur ignorieren, ihm seinen Fetisch verwehren!

Statt dessen wollte sie ihre Stärke nutzen.

Eine Stärke, von der der Unbekannte nichts ahnte – das Band zwischen ihr und Calvin.

Dilara war sich sicher, ihr langhaariger Gefährte würde sie finden!

So blieb sie entspannt mit geschlossenen Augen liegen, mit einem verheißungsvollen Lächeln auf den Lippen und gab sich wieder ihren Erinnerungen hin.

*Shanghai, Oktober 1908*

Der Gedanke an eine weitere Schiffsreise behagte Dilara nicht. Der Grund dafür lag nicht nur in ihrer naturgegebenen Abneigung gegen das Element Wasser und der gerade glücklich überstandenen Fahrt der SS Triton, sondern auch in dem Zeitverlust, den die Reise bedeuten würde.

Zeit sollte für eine Unsterbliche eigentlich kein Faktor sein, doch Dilara empfand wenig Freude bei der Vorstellung, die nächsten Tage zur Untätigkeit gezwungen zu sein.

Alleine die Aussicht, in Tai Xian einen höflichen und gebildeten Gastgeber zu haben, munterte sie auf.

„Erzählt mir von unserem Ziel!" forderte sie ihn auf, als sich die drei Pferdegespanne, von denen eines alleine Antediluvians Geschenk trug, am nächsten Nachmittag auf dem Weg zu Hafen befanden.

„Der Verbotenen Stadt?"

„Ja, warum trägt sie diesen seltsamen Namen?"

„Es ist der einfachen Bevölkerung untersagt, sie zu betreten. Das ist den Adligen, Priestern und deren Dienern vorbehalten. Ihr werdet beeindruckt sein, wenn Ihr die prächtigen Paläste seht! Die Verbotene Stadt ist das größte Wunder, das die Welt je gesehen hat."

„Und dort begegnen wir also der Kaiserinwitwe... Wie ist sie?"

Tai Xian schien diese Frage unangenehm. Er rief dem Kutscher etwas auf Chinesisch zu, das sie nicht verstand.

„Wonach hattet Ihr mich gefragt? Ach ja, die Kaiserinwitwe... Sie bestimmt die Geschicke unseres Volkes seit über fünfzig Jahren. Eine erstaunliche Leistung für eine Konkubine, die sie einst war, und die nicht einmal mit der Kaiserfamilie verwandt ist. Sie ist eine beeindruckende Persönlichkeit. Was man sich allerdings über sie erzählt..."

„Was erzählt man sich denn?"

„Ach, nichts... ich muß Euch später davon berichten. Wir sind am Hafen angelangt. Ihr könnt unser Schiff bereits sehen... dort hinten!"

Er deutete auf eine breite, flache Dschunke mit blutroten Segeln, die sich von allen anderen Schiffen deutlich abhob. Als die Mannschaft ihr Herannahen bemerkte, wurden alle Arbeiten an Bord eingestellt. Der Kapitän des Schiffes, ein kräftiger Mann mittleren Alters, der den Namen Hen Sunjong trug, begrüßte sie persönlich. Er meldete Tai Xian, daß die Abfahrt innerhalb der nächsten Stunde stattfinden könne, und die Vorbereitungen so gut wie abgeschlossen seien. Tai Xian stellte ihm Dilara vor und ließ die Kutschen mit den Pferden an Bord bringen. Mit Ebbe und günstigen Winden legte das Schiff bald darauf ab.

Während der Fahrt hatte Tai Xian genügend Zeit, Dilara von der Verbotenen Stadt und der Kaiserinwitwe Tze Hsi zu berichten. Und wenn nur die Hälfte stimmte, was man sich über sie erzählte, begriff die Vampirin, warum es Antediluvian so wichtig war, sie als Verbündete zu haben. Sie war der Schlüssel zur Macht im Reich der Mitte.

Die Tage auf See vergingen schleppend. Der Himmel hing wie Blei über ihnen, und wenn kein Wind wehte, hatte Dilara das Gefühl, sie müßten auf diesem fremden Meer bis in alle Ewigkeit bleiben.

Als am Nachmittag des dritten Tages backbord hinter ihnen spitze Segel auftauchten, kam Unruhe in die schläfrige Trägheit an Bord. Tai Xian, der nun selbst das Kommando über das

Schiff übernahm, konnte seine Nervosität nicht verbergen. Er bellte seinen Männern hektische Befehle zu und ließ die schwerfällige Dschunke einen Kurs in Richtung Küste einschlagen.

„Wir sind nicht schnell genug", beantwortete er Dilaras fragende Blicke. „Sie werden uns einholen, bevor wir die schützende Küste erreichen."

Bei ihren Verfolgern handelte es sich um zwei kleinere Segler, die sich in der Form der Segel und das Schiffsrumpfes völlig von ihrem eigenen Schiff unterschieden. Was ihre Absicht war, ließ sich unschwer erraten.

„Es sind Wotou", sagte Tai Xian nervös, „Seeratten aus Japan! Sie überfallen normalerweise die schlecht geschützten Handelsniederlassungen an Land, doch eine fette Beute wie uns werden sie sich nicht entgehen lassen."

„Was gedenkt Ihr zu tun?" wollte Dilara wissen.

„Als erstes müssen wir Zeit gewinnen, um gewisse Vorbereitungen zu treffen. Die Piraten wissen nicht, wen sie da vor sich haben! Wir sind nicht die wehrlosen Händler, mit denen sie es sonst zu tun haben. Sie werden versuchen, uns zu entern. Das ist der Moment, in dem wir all unsere Kräfte in die Waagschale werfen werden."

„Wenn sie Menschen sind, können wir gegen die Übermacht bestehen. Doch was, wenn sie wie wir Chiang-Shih sind?"

„Dann sollten wir zu unseren Göttern beten!" schloß Tai Xian und wandte sich zu seinen Matrosen um, an die Waffen ausgehändigt wurden.

Die beiden kleinen Segler schienen über das Wasser hinwegzufliegen und holten rasch auf. Die Männer an Bord der Dschunke konnten nicht viel mehr tun, als zusehen, wie sich ihnen die Piraten näherten.

Es waren auch schon erste Einzelheiten zu erkennen. Dilara

sah, daß die Segel zerrissen und mit unterschiedlichen Stofffetzen notdürftig geflickt waren, was ihrer Funktion augenscheinlich nicht abträglich war. Auch die Rümpfe der Schiffe wiesen die Spuren so manchen Scharmützels auf. Die Korsaren selbst waren ein wild zusammengewürfelter Haufen ohne jede Ordnung. Sie hingen in den Wanten und Rahen und schwenkten schartige Säbel und verbogene Enterhaken.

Eigentlich boten sie ein armseliges Bild, doch Tai Xian ließ sich davon nicht täuschen: „Es sind die Wotou der Gelben Klaue", sagte er und deutete auf die stilisierte, dreifingerige Hand, die auf einer zerfledderten Flagge über dem Krähennest zu erkennen war. „Das habe ich befürchtet. Sie sind die grausamsten unter den Korsaren. Wartet ab, was als nächstes geschieht!"

Sie mußten nicht lange warten. Das erste Piratenschiff schnitt ihnen den Weg ab und setzte ihnen einen Schuß bedrohlich nahe vor den Bug.

„Eine kleine Kanone. Sie verstehen ihr Geschäft." Tai Xian blieb merkwürdig ruhig. Anerkennung klang in seinen Worten mit. „Sie wollen, daß wir beidrehen und sie an Bord lassen. Wenn wir ihnen nicht Folge leisten, werden sie uns ohne Gnade versenken."

Er gab seinen Leuten eine Reihe von knappen Befehlen. Die Mannschaft machte einen gut eingespielten Eindruck.

„Wir werden zum Schein auf ihre Forderung eingehen. Das würde normalerweise natürlich keinen Sinn ergeben."

„Wieso nicht?" fragte Dilara, während sie das zweite Schiff im Auge behielt, das inzwischen auch aufgeholt hatte und sich ihnen von hinten näherte. Sie waren nun so nah, daß sie die Gesichter der Männer sehen konnten. Sie trugen verblichene Kleidung und waren von der Sonne gebräunt und wettergegerbt. Manche von ihnen waren verstümmelt, einige trugen Augenklappen und künstliche Gliedmaßen. Nichtsdestotrotz –

SOLANGE DU DEM ANDEREN...

oder gerade deshalb – machten sie einen äußerst gefährlichen Eindruck. Man sah ihnen an, daß ihnen ihr Leben nicht viel bedeutete.

„Es wäre sinnlos, darauf zu hoffen, daß sie uns ausrauben und dann weitersegeln lassen. Die Wotou hinterlassen keine Spuren. Sie würden alles Brauchbare mitnehmen, die Männer töten, und Euch... nun, vielleicht würden sie versuchen, Euch gegen ein Lösegeld einzutauschen. Was aber nicht bedeutete, daß Ihr überleben würdet. Danach würden sie unser Schiff versenken. Es wäre, als hätte es uns nie gegeben. Keine Zeugen, keine Ankläger. Die Wotou gehen keine Risiken ein."

Dilara rechnete sich aus, welche Chancen sie hatten. Die Korsaren waren in der Überzahl. Zwei- oder dreimal so viele wie die Männer auf der Dschunke. Und die waren nicht als Krieger ausgebildet, abgesehen von den vier Wächtern, die Antediluvian ihnen mit auf den Weg gegeben hatte. Sie hatten ihre Kajüte, in der sich auch das Geschenk ihres Meisters befand, verlassen und standen an der Reling. Seltsamerweise vermittelte ihre Anwesenheit ein beruhigendes Gefühl, das sich auf die Besatzung der Dschunke übertrug.

Plötzlich tauchte neben dem ersten Segler das zweite Piratenschiff auf. Die kleinen Schiffe mußten unglaublich wendig sein. Die Dschunke hätte nicht die geringste Chance gehabt, ihnen zu entkommen.

Der Kampf um das Schiff begann!

Die Piraten warfen die ersten klauenartigen Enterhaken, die sich in Tauen und Balken verfingen. Sogleich begannen sie unter lautem Geschrei und wüstem Gekreische damit, ihr eigenes Schiff zur Dschunke herüberzuziehen.

Tai Xian gab noch nicht den Befehl, die Angreifer zurückzuschlagen. Er wußte, daß ihre Waffen auf diese Entfernung noch nicht ihre größtmögliche Wirkung entfalten konnten, und er wollte den Wotou möglichst lange den Eindruck vermitteln, sie ergäben sich.

Als sie nur noch etwa fünf Meter entfernt waren, hob der Chinese den rechten Arm und ließ ihn dann rasch herabfallen. Gleichzeitig lösten sich aus etwa zwanzig Pistolen Schüsse, die die Reihen der Piraten sichtbar lichteten. Doch sogleich wurden die entstandenen Lücken neu besetzt. Es war unübersehbar, daß die unerwartete Gegenwehr die Wut der Angreifer angestachelt hatte. Diese feuerten nun auf alles, was sich an Bord der Dschunke bewegte. Solange sie keine Silberkugeln verwendeten, und damit war nicht zu rechnen, mußten weder Dilara noch Tai Xian um ihr Leben fürchten. Der Rest der Besatzung allerdings war verletzbarer. Auch wenn sie die Piraten besiegten, brauchten sie eine gewisse Mannschaftsstärke, um ihr Schiff manövrierfähig zu halten.

Die Freibeuter warfen Fackeln, die die Segel in Brand setzten, schleuderten Dolche und feuerten immer wieder zu ihnen herüber.

Das war jedoch nur ein Vorgeschmack auf den eigentlichen Angriff, der die Dschunke wie ein Tsunami treffen sollte.

Jene Piraten, die in den Mastbäumen der Segler gehangen hatten, schwangen sich an dicken Tauen auf das Schiff, auf dem mit einem Mal ein einziges Getümmel herrschte. Der Geruch von Pulverdampf, Schweiß und Blut lag in der Luft. Dilara befand sich mitten in einem Gefecht, in dem es beinahe unmöglich war, Freund und Feind zu unterscheiden.

Tai Xian, der sich gegen zwei Wotou gleichzeitig zur Wehr setzte, warf ihr einen Säbel zu.

Sollte sie damit etwa kämpfen?

Die Antwort erübrigte sich, als plötzlich einer der Piraten vor ihr stand. Sein Gesichtsausdruck verriet, was er dachte. Sein Grinsen war hohl und gleichzeitig lüstern. Ein schmutzig gel-

 SOLANGE DU DEM ANDEREN...

bes Tuch, das er sich um die Stirn gebunden hatte, verdeckte nur halb eine Narbe, die sich silbrig schimmernd über die rechte Hälfte seines Gesichts zog. In der Linken hielt er einen gewaltigen Belegnagel, mit dem er einen Feind zweifellos mit einem einzigen Hieb hätte erschlagen können.

Er sagte etwas in einer Sprache, die Dilara nicht verstand, die aber nicht wie Chinesisch klang. Dann kam er näher.

Dilara packte ihre Waffe fester. Er schien diese Geste so aufzufassen, daß sie nicht gewillt war, sich zu ergeben. Eine Vorstellung, die ihn belustigte.

Mit einem ohrenbetäubenden Kampfschrei warf er sich auf sie.

Die Vampirin wich ihm mit katzenhafter Geschmeidigkeit aus. Sein Hieb ging pfeifend ins Leere und riß ihn aus dem Gleichgewicht. Der Hüne kam jedoch rasch wieder auf die Beine und wirbelte herum.

Er glaubte wohl, ihre Finte habe sie einem glücklichen Zufall zu verdanken gehabt, denn sogleich setzte er zum nächsten Angriff an.

Dilara entschloß sich, dem Spiel ein rasches Ende zu setzen. Daß ihr der Säbel als Waffe nicht vertraut war, machte sie durch ihre übermenschliche Kraft und die Vampirreflexe wett.

Ihr Schlag kam blitzschnell und absolut präzise. Er trennte dem Angreifer beide Hände in Höhe der Handgelenke ab. Ungläubig starrte der Pirat auf die heftig blutenden Armstümpfe und seine Hände, die zuckend neben der schweren Waffe auf dem Schiffsboden lagen.

Die Vampirin rammte ihm von unten ihren Säbel in den Bauch und riß ihn hoch. Gleichzeitig verbiß sie sich in seinem Hals und saugte sein kochendes Blut, das sie mit einer Woge von neuer Energie berauschte. Er war innerhalb weniger Sekunden tot.

Dilara blieb jedoch keine Zeit, den Sieg auszukosten.

Ein schmerzhafter Stich zwischen den Schulterblättern ließ sie laut aufschreien. Ein Pirat hatte ihr seinen Speer in den Rücken gestoßen.

Als sie sich umdrehte, sah sie, daß sie es mit zwei Gegnern gleichzeitig zu tun hatte.

Deren Überlegenheit verwandelte sich rasch in Panik, als sie ihren blutverschmierten Mund und ihre Entschlossenheit bemerkten.

Sie wollten fliehen, kamen aber nicht weit, denn Dilara war schon über ihnen und erstach den ersten mit ihrem Säbel, der sich zwischen seinen Rippen verkantete. Als sie ihn nicht rasch genug frei bekommen konnte, ergriff sie den Speer, an dem noch ihr eigenes schwarzes Blut klebte, und stieß ihn dem zweiten so durch den Hals, daß die Spitze an seinem Genick wieder austrat.

Gurgelnd ging der Mann zu Boden.

Die Vampirin befand sich in einem wahren Blutrausch. Eher beiläufig streckte sie zwei Seeräuber nieder, die sich zur falschen Zeit am falschen Ort befanden. Dann erst kam sie zur Besinnung.

Sie versuchte, sich einen Überblick über den Stand des Gefechts zu verschaffen.

Noch immer enterten weitere Piraten die Dschunke. Doch sie waren weniger entschlossen, weniger angriffslustig als zu Beginn.

Tai Xian kämpfte in erhöhter Position, auf einer Kiste mit Takelage stehend. Die vier Männer Antediluvians standen Rücken an Rücken und ließen ihre Säbel wie Windmühlenflügel kreisen. Um sie herum sammelten sich die blutigen Leiber ihrer Gegner. Hen Sunjong allerdings war in arger Bedrängnis. Drei Piraten hatten ihn am Steuer eingekreist und setzten ihm arg zu.

Dilara kam ihm zu Hilfe und tötete auf dem Weg dorthin zwei weitere Gegner. Sie hatte ihren Säbel aus dem Brustkorb des Piraten befreit und schwang ihn mit einer Leichtigkeit, als habe sie nie etwas anderes getan. Die Wotou bemerkten wohl, daß die Dschunke keine so leichte Beute darstellte, wie sie erwartet hatten. Der Blutzoll, den sie bislang gezahlt hatten, war bereits zu hoch. Und Piraten waren feige. Feige und hinterhältig. Ein schlecht bewaffnetes Handelsschiff zu überfallen, war eine Sache. Sich einem ernsthaften Gegner gegenüberzusehen, eine andere.

Sie flohen auf ihre Schiffe!

Einer nach dem anderen löste sich wie auf ein unsichtbares Kommando aus dem Gefecht und suchte sein Heil in der Flucht.

Als alle Freibeuter die Dschunke verlassen hatten, kappten sie die Seile, mit denen sie die Schiffe vertäut hatten, und hißten mit der Behendigkeit von Affen die Segel. Die kleineren Segler trieben davon und gewannen rasch an Fahrt. Doch bevor sie außer Reichweite kamen, geschah das, was Tai Xian befürchtet hatte. Die Wotou feuerten einen Kanonenschuß ab, der ein gewaltiges Loch in den Rumpf der Dschunke riß.

Glücklicherweise lag dieses oberhalb der Wasserlinie, so daß beim vorherrschenden ruhigen Seegang keine Gefahr bestand, daß das Schiff voll Wasser laufen würde. Wenn sich jedoch das Wetter änderte, konnte ihnen das Leck zum Verhängnis werden.

Tai Xian befahl, den Gegner ziehen zu lassen. Es war aussichtslos, mit der schwerfälligen Dschunke Jagd auf die schnelleren Segler der Wotou zu machen. Statt dessen ordnete er an, die Verwundeten zu versorgen und das Leck in der Flanke des Schiffes abzudichten.

Die Piraten würden, nachdem sie sich so blutige Nasen geholt hatten, keinen weiteren Versuch starten, die Dschunke zu entern.

„Ihr habt Euch vortrefflich geschlagen!" sagte Tai Xian zu Dilara, als die gröbsten Spuren des Kampfes beseitigt waren und die Dschunke ihren ursprünglichen Kurs wieder aufgenommen hatte.

Die Bilanz des Gefechts fiel zu ihren Gunsten aus. Tai Xian hatte sechzehn Männer verloren. Ihnen standen achtundzwanzig getötete Piraten gegenüber, deren Körper sie den Haien zum Fraß vorwarfen.

„Aber meine Männer beginnen, seltsame Gerüchte über Euch zu verbreiten. Einer hat Euch wohl bei Eurem Mahl beobachtet…"

„Nun, ich…"

„Ich will Euch nicht anklagen." Er lächelte aufrichtig. „Ich kann es Euch nicht verdenken, so gehandelt zu haben. Die abergläubischen Matrosen werde ich zu beruhigen wissen. Immerhin sind wir alle Euch zu Dank verpflichtet. Ohne Euch hätte sich das Blatt womöglich zu unseren Ungunsten gewendet. Das sagte auch Kapitän Hen Sunjong, dem Ihr wohl das Leben gerettet habt…"

„Ich erwarte keinen Dank. Es ging schließlich auch um mein eigenes Leben."

Sie hatte sich nur verteidigt. Und doch fühlte sie Unbehagen angesichts des Blutrausches, in den sie verfallen war.

 SOLANGE DU DEM ANDEREN...

*Shanghai, September 2006, Shanghai JC Mandarin*

„Wir müssen Suemi informieren!" sagte Mick nach einer Weile. „Schließlich haben wir einen Deal mit ihr."

Calvin nickte abwesend und zuckte auf einmal zusammen. Da war es wieder, dieses Schwingen in ihm, das deutlich signalisierte, daß Dilara am anderen Ende des mentalen Bandes, das sie vereinte, ihre Energie auf ihn richtete. Calvin schloß die Augen und konzentrierte sich auf das Gefühl. Das Schwingen wurde heftiger. Ja, Dilara war gestärkt, Calvin verspürte große Erleichterung, auch darüber, daß sie ganz in seiner Nähe sein mußte.

Mick betrachtete den still dasitzenden, langhaarigen Vampir mit den geschlossenen Augen und dem konzentrierten Gesichtsausdruck. „Du fängst doch jetzt nicht das Meditieren an?" Er stieß Calvin an, der empört die Augen öffnete, doch bevor er etwas erwidern konnte, fuhr Mick schon fort: „Wir müssen jetzt am Ball bleiben, du bist doch sonst so ungeduldig, wenn es um deine Traumfrau geht."

Der Kalauer prallte an Calvin ab, und er schenkte sich eine Erklärung darüber, daß er soeben Kontakt zu Dilara hatte. Aber Mick war im Recht, was Calvin auch laut kundtat. „Du hast ja recht. Schließlich bin ich der Drängler von uns beiden!"

„Haha, das kannst du aber laut sagen!" Der Cop rollte mit den Augen. „Schlimm ist das manchmal mit dir!"

Die Antwort war eine Grimasse und ein Stoß gegen den durchtrainierten Brustkorb. „Nun los, ruf deine schöne Mandeläugige an!"

„Was soll das denn heißen?"

„Na, als sie auftauchte, sind deine Augen doch förmlich herausgequollen." Calvin kicherte. „Wie bei einem aufgeblasenen

Frosch. Ich hätte sie glatt mit chinesischen Stäbchen abschlagen können."

„Haha, daß der Mann immer so übertreiben muß!" Mick hangelte aber nach dem Telefon, und Calvin hört ihn weniger später mit Suemi sprechen.

Nach nur wenigen Minuten war das Gespräch beendet. „Sie ist in einer Stunde hier." Er gähnte herzhaft. „Und bis dahin haue ich mich aufs Ohr. Bitte, wecke mich, wenn Suemi eingetrudelt ist."

Er wartete Calvins Antwort erst gar nicht ab, hechtete mit einem geschmeidigen Sprung auf das Bett und schlief sofort ein.

Suemi schaffte es sogar in einer Dreiviertelstunde. Ihr Hämmern gegen die Hoteltür zeigte, daß viel mehr in dem zierlichen Persönchen steckte, als man der jungen Chinesin auf den ersten Blick zutrauen mochte. Als ihr Calvin die Tür öffnete, fühlte er ein ungutes Kribbeln im Nacken, das er aber nicht Suemi zuordnete, sondern der Tatsache, daß sie nun zum Jin Mao Tower fuhren, wo sie Dilara vermuteten.

„Wo ist Mick?" fragte Suemi.

„Hier!" ertönte es hinter Calvin, der immer noch keine Anstalten machte, Suemi in das Zimmer zu lassen.

Mick schob ihn zur Seite. „Willst du unsere geheimdienstliche Schönheit nicht hereinlassen?" feixte er.

Suemi hob lachend die Hände. „Nicht nötig!" Das Lachen verschwand von einer Sekunde auf die andere. „Wir wollen ja hier nicht Wurzeln schlagen, sondern auf dem schnellsten Wege zum Jin Mao Tower."

 SOLANGE DU DEM ANDEREN...

„Allerdings!" sagte Calvin und drängte sich an Suemi vorbei. Die junge Chinesin bereitete ihm mehr und mehr Unbehagen – er konnte nicht sagen warum.

*London, September 2006, in den Katakomben der St. Paul's Cathedral*

Guardian verspürte ungezügelte Wut in sich aufsteigen, als ihm Semjasa mitteilte, daß Luna Sangue nicht auffindbar sei. Er zweifelte nicht einen Atemzug daran, daß die uneinschätzbare Vampirin verschwunden war. Wohin, konnte er nicht ergründen.

Gerade jetzt, dachte er zornig, wo eh schon drei des Bundes der Fünf nicht anwesend waren. Das war typisch für Luna, ihre narzißtische Ader ließ es nicht zu, auch einmal losgelöst von ihren eigenen Belangen zu agieren und sich dem Wohle der anderen zu beugen.

Der Wächter seufzte. Außerdem sollte Luna das Verbindungsglied zu Calvin und Mick sein.

„Semjasa, es ist wohl an der Zeit, mich technisch ein wenig aufzurüsten!" sagte er.

Sein junger Vertrauter riß die Augen auf, als wolle er damit andeuten: „Daß ich *das* noch erleben darf." Guardian schmunzelte über dessen offensichtliche Reaktion, dann legte sich wieder Ernst über seine Züge. „Jetzt, wo sich Luna in Luft aufgelöst hat, ist es nötig. Ich will nicht zu viele einweihen. Und da Mick auch in Shanghai ist... Ich habe das Gefühl, daß sie in Schwierigkeiten stecken. Vielleicht sollte ich doch hinfliegen?"

DAS SEELENTOR

Semjasa, dem Guardian immer mehr anvertraut hatte, sah den Wächter ernst an. „Und den Kelch mehr oder weniger ungesichert hier zurücklassen?"

„So schnell wird ihn keiner finden", meinte er, stimmte Semjasa aber insgeheim zu. Es barg ein gewisses Risiko. Der Kelch war ohne den Bund der Fünf nichts, aber der Bund ohne das magische Gefäß auch nicht. Und im Moment schien der Bund immer mehr auseinanderzufallen, was dem unbekannten Gegner zuspielte.

Was keiner der Angehörigen des Bundes ahnte: Guardian hatte Vorsorge getroffen, daß niemand ungestraft an den Schattenkelch gelangen konnte. Erst recht nicht, ihn ohne Verlust seines Lebens an sich zu bringen.

Dennoch gemahnte Guardian gerade Lunas Verschwinden, in London zu bleiben. Er hatte das untrügliche Gefühl, daß sich auch hier die Wolken des Unheils über sie legten.

*Tientsin, Oktober 1908*

Anfang des zwanzigsten Jahrhunderts war Tientsin Chinas zweitgrößtes Handelszentrum. Allerdings stand die Stadt nicht unter chinesischer Verwaltung, sondern war, wie auch Shanghai, ein Protektorat verschiedener europäischer Staaten wie Großbritannien, Frankreich, Rußland und des Deutschen Reiches.

Im Jahre 1900 hatte sich Tientsin als Zentrum des sogenannten Boxeraufstands gegen die europäischen Besatzer hervorgetan. Nach der blutigen Niederschlagung der Revolte war das Verhältnis beider Völker keineswegs besser geworden.

Große Teile der Altstadt und der Stadtmauern waren im Zuge des Konflikts und in den darauffolgenden Jahren zerstört worden. Statt dessen hatte Tientsin ein neues, europäisches Gesicht erhalten, und seit 1906 besaß es sogar eine dampfgetriebene Straßenbahn.

„Ich muß Euch warnen", sagte Tai Xian, als sie das Schiff verließen. „Obwohl Tientsin eine Hafenstadt ist, sind hier Fremde nicht gerne gesehen. In den letzten Jahrzehnten ist es zu so vielen Spannungen mit Europäern gekommen, daß Ihr Euch nicht alleine auf den Weg machen solltet. Davon abgesehen..." er warf einen Blick zurück zum Schiff, wo gerade die schwere Kiste entladen wurde, in der sich Antediluvians Geschenk befand, „... wir werden uns auf dem schnellsten Wege nach Peking begeben, wo wir in zwei Tagen erwartet werden."

Trotz ihrer Eile bestand Tai Xian dann jedoch überraschenderweise darauf, in Tientsin den Palast der Himmelskaiserin aufzusuchen, einen Tempel, in dem die Schutzgöttin der Seefahrer verehrt wurde, der er für ihre Rettung danken wollte.

„Seid Ihr religiös?" fragte sie ihn.

„Nein", erwiderte der Chinese völlig ernsthaft und fügte dann augenzwinkernd hinzu: „Aber man kann ja nie wissen! Schaden kann es doch nicht, oder?"

Er betrat den Tempel alleine, um der Göttin zu opfern, und kehrte nach etwa einer halben Stunde nachdenklich zurück.

„Und, hat sie Eure Ehrerbietung angenommen?" fragte Dilara ihn.

„Wer?" Tai Xian war sichtlich verwirrt.

„Na, die Himmelskaiserin? Ihr seht allerdings aus, als sei Euch ein Geist begegnet!"

„Nein, ich... ach, laßt uns fahren. Wir haben einen weiten Weg vor uns."

Dilara schüttelte den Kopf und schwieg. Wenn ihr der Chinese etwas zu berichten hatte, würde er das aus eigenem Antrieb tun müssen. Offensichtlich war er im Augenblick nicht dazu bereit, über das zu sprechen, was ihn innerlich bewegte.

Sie verließen die Stadt in nordwestlicher Richtung und kamen auf den gut ausgebauten und vielbereisten Wegen zwischen Tientsin und Peking zügig voran. Das Land war eine flache, mit verdorrtem Riedgras und wenigen Büschen bewachsene Steppe.

Da die Strecke unmöglich an einem einzigen Tag zu bewältigen war, ließ Tai Xian in Langfang, auf der Hälfte der Strecke, halten und mietete für die Nacht kurzerhand ein komplettes Landhaus.

Je näher sie der Hauptstadt kamen, desto mehr Reisende begegneten ihnen. Bald verdichteten sich die zum Teil recht ärmlichen Hütten zu einer Vorstadt, nahmen feste Steinbauten ihren Platz ein.

Sie hatten Peking erreicht!

*Peking, November 1908*

Hatte Dilara geglaubt, Shanghai sei an Lebenskraft und Rastlosigkeit kaum zu übertreffen, so wurde sie in der Hauptstadt eines Besseren belehrt. Sie verstand, wie sich der europäische Entdecker Marco Polo gefühlt haben mußte, als er die Stadt im 13. Jahrhundert besucht und als Gast des damaligen Herrschers Kublai Khan die Wunder Chinas bestaunt hatte. Zu jener Zeit hatte Peking vor allem noch von seiner Lage am Anfang der alten Seidenstraße profitiert.

Seinen Namen und seine jetzige Struktur hatte es jedoch erst im 15. Jahrhundert unter der Ming-Herrschaft erhalten. Aus dieser Zeit, so erklärte Tai Xian, während sie die sogenannte Äußere Stadt durchquerten, stammte auch das Konzept der Verbotenen Stadt.

Beiderseits der breiteren Straßen, auf denen großes Gedränge herrschte, bildeten enge Gassen, Hutongs genannt, ein unüberschaubares Netz, in dem sich so manches Unbedarfte verfangen mochte.

Dilara schwor, den Fehler, den sie in Shanghai gemacht hatte, nicht zu wiederholen. Sie würde in Tai Xians Nähe bleiben.

„Wir erreichen nun die Innere Stadt", sagte dieser und machte sie auf die hohe Mauer aufmerksam, die teilweise in andere, neuere Bauten miteinbezogen worden war. „Hier befinden sich die wichtigsten Tempel, Märkte und Verwaltungsgebäude."

Ein Ochsenkarren, der Baumaterial geladen hatte, blockierte die Straße. Tai Xian machte schnaubend seinem Unmut über die zeitliche Verzögerung Raum.

„Kommt Ihr oft hierher?" fragte Dilara ihn.

„So selten wie möglich", entgegnete er. „Bisher etwa ein halbes Dutzend Mal."

„Wie eng sind die Kontakte Antediluvians zur Kaiserfamilie?"

„Oh, nicht so eng, wie er es sich wohl wünschte. Ich würde ihr gegenseitiges Verhältnis so beschreiben: Man umschleicht einander mißtrauisch und wartet auf den Moment, in dem der andere eine Schwäche zeigt. So lange lächelt man möglichst freundlich und zeigt dabei dieselben Zähne, die man nur zu gerne in das Fleisch des anderen schlagen würde. Das nennt man wohl Politik."

„In London bekommt man wenig von dem mit, was hier geschieht..."

„Ich glaube, jeder hält sich selbst für das Zentrum des Universums. Die Kaiserfamilie, die über ein Weltreich herrscht, auf der einen Seite, sowie die Europäer – und mit ihnen auch Antediluvian— auf der anderen, die China demütigende Konzessionen abgerungen haben." Er warf einen Blick aus dem Fenster, weil die Kutsche erneut angehalten hatte. „Oh, wir sind angekommen!"

Die Gästehäuser der verschiedenen Delegationen lagen im Schatten der Umfassungsmauer der Verbotenen Stadt. Es waren einfache, zweckmäßige Bauten, in denen stets ein ausreichender Stab an Personal bereitstand, der für die Annehmlichkeiten der Gäste zu sorgen hatte. Tai Xian hatte dafür sorgen lassen, daß die Räumlichkeiten entsprechend ihren speziellen Anforderungen hergerichtet waren. Dies betraf in erster Linie Antediluvians Geschenk, das unter den wachen Blicken seiner vier Bewacher in einen zentralen Raum gebracht und mit diesen eingeschlossen wurde. So hatte es der Nosferatu befohlen.

Dilara und Tai Xian wurden am nächsten Mittag von Gu Song, einem Offizier der Palastwache, im Gästehaus abgeholt und durch eine Reihe von Toren, vorbei an den kaiserlichen Archiven und den Tempeln der Geister des Landes und der Ahnen, zum Innersten Bereich geführt, der noch einmal durch einen breiten Wassergraben und eine Mauer begrenzt wurde.

Inmitten des Ozeans aus Lärm und Gestank, den Peking darstellte, war die Verbotene Stadt eine Insel der Stille, die seltsam anachronistisch anmutete. Gleichzeitig lag etwas Bedrohliches in dem Schweigen, das an diesem Ort herrschte.

Am Wumen-Tor, das auch Fünf-Phönix-Tor genannt wurde, dem südlichen Zugang zu der streng nach Himmelsrichtungen organisierten Anlage, nahm ein Zug verschiedener Delegationen Aufstellung. Gu Song wies Tai Xian und Dilara eine Position zu, die erstaunlich weit vorne lag, zwischen einem Abgesandten aus Tsingtao und seiner Frau, die beide modern westlich gekleidet waren, und einer Gruppe südmongolischer Steppenbewohner in traditionellen Gewändern.

Auf einen Trommelwirbel hin, der Dilara mehr wie das Signal zu einer Exekution erschien, setzte sich die seltsame Prozession in Gang. Sie fühlte sich wie in einem Traum. Die gesamte Situation war so weltfremd, daß die Vampirin Tai Xians Hand ergriff, um sich zu vergewissern, daß sie nicht träumte. Er ließ es zu.

Dilara kam aus dem Staunen kaum mehr heraus angesichts der teilweise vergoldeten Dächer, der reichhaltigen Dekorationen in Stein und Holz und der allgegenwärtigen Farbe Gelb, die, wie Gu Song ihr erklärte, die Farbe des Kaiserhauses war.

Sie näherten sich langsam dem von zwei bronzenen Löwen bewachten Tor der Höchsten Harmonie, das zum gleichnamigen Palast führte, in welchem die Audienz stattfinden sollte.

Es regnete seit dem frühen Morgen unablässig, doch der gesamte Weg zum Palast war überdacht. Schnitzereien von Drachen mit weit aufgerissenen, rollenden Augen stierten die Vampirin an. Zu beiden Seiten des Weges knieten Menschen in schwarzen Gewändern, die kahlgeschorenen Köpfe bis zum Boden geneigt. Sie sahen alle perfekt gleich aus. Kopien einer Matrize.

Tai Xian verstärkte seinen Griff, um ihr das Gefühl zu geben, daß sie nicht alleine war.

Dilara wagte nicht, ihn anzusehen. Sie befürchtete, zwangsläufig zu stolpern, wenn sie den Blick von dem roten Teppich nähme, der nach etwa fünfzig Metern Entfernung am gewaltigen Portal des Palastes endete. Sie wollte nicht daran denken, wie dann der Zug ins Stocken käme. Zuerst die vier Männer, die zwischen sich Antediluvians Geschenk trugen. Dann die adligen Abgesandten und Würdenträger in ihren feierlichen Kimonos, und schließlich die mit Schwertern und Speeren bewaffneten Gardisten, die ihnen in gebührendem Abstand folgten.

Doch nichts dergleichen geschah. Sie legten den Rest der Strecke ohne Zwischenfall zurück.

Irgendwo wurde ein Gong geschlagen, dessen tiefer Nachhall die Luft vibrieren ließ.

Tai Xian blieb stehen. Unendlich langsam öffneten sich die Flügel des Portals, das mit handtellergroßen Nieten in Form von Löwenhäuptern besetzt war. Dahinter herrschte Finsternis, durchbrochen von nur wenigen fahlen Lichtfingern, die durch schmale Schlitze in der Fassade hereindrangen.

Dilara hatte Mühe, etwas zu erkennen. Es war nicht nur dunkel in dem Gebäude, auch Staub hing in der Luft. Modrig und verbraucht drang sie bis dorthin vor, wo die Delegation verharrte.

Ein zweites Mal ertönte der Gong. Tai Xian setzte sich in Bewegung und zerrte sie sanft mit sich. Der Troß folgte ihnen eine Rampe hinauf, die sie auf das Niveau des Palastbodens brachte.

Als sie das Tor durchschritten, gewöhnten sich Dilaras Augen schlagartig an die veränderten Lichtverhältnisse. Gleichzeitig schien draußen die Welt unterzugehen. Ein Unwetter sandte Donner und zuckende Lichtblitze herab. Unter den Regen mischte sich Hagel.

SOLANGE DU DEM ANDEREN...

Die Palasthalle war beeinduckend in ihren Ausmaßen. Das Dach befand sich in mehr als dreißig Meter Höhe im Dunkel über ihren Köpfen. Es wurde von mächtigen Säulen getragen. Doch nicht nur das. Auch die Zahl der Versammelten ließ Dilaras Atem stocken. Sie hatte nicht geglaubt, daß Antediluvian im fernen China eine derartige Bedeutung besaß. Alles, was Rang und Namen hatte, schien hier versammelt. In jeweils vier Reihen, in ihrer Mitte eine breite Gasse frei lassend, standen Frauen mit kunstvoll hochgestecktem, seidenschwarzem Haar, Krieger in prächtiger Rüstung und hochstehende Priester in weiten, farbigen Gewändern.

Donnernd schloß sich das Tor, als die Gesandtschaft hindurch war und sich im Palast befand. Dilara wagte es, einen Blick zurückzuwerfen. Dort standen nun vier stämmige Männer, die nichts als Lendenschurze trugen. Ihre Haare waren zu langen Zöpfen geflochten. Die Körper glänzten ölig und hatten im seltsamen Zwielicht der Halle die Farbe von Jade.

Tai Xian stieß Dilara leicht in die Seite und bedeutete ihr, ihre Schritte zu beschleunigen.

Die Kaiserinwitwe mutete ihren Besuchern einen langen Weg zu. Die Dimensionen des Gebäudes und die zurückgelegte Strecke erweckten in jedem, der hierher kam, das Gefühl, klein und unbedeutsam gegenüber der Person zu sein, der er sich näherte.

Dilara fiel ein, welche Gerüchte laut Tai Xian über Tze Hsi kursierten. Die harmloseren handelten davon, in welch maßlosem Prunk und Überfluß sie lebte. Aus irgendwelchen Gründen, die ihr entfallen waren, sei sie nicht mehr in der Lage, sich selbst anzukleiden und zu waschen, hatte eine Armee von Zofen und Eunuchen bereitstehen, die selbst die einfachsten Verrichtungen übernahmen. Bei der kleinsten Ungeschicklichkeit, so hieß es, ließ sie ihre Dienerschaft hart bestrafen.

Einen sollte sie gar zu Tode habe peitschen lassen, bloß weil beim Kämmen eines ihrer Haare im Kamm hängengeblieben war.

Schlimmer waren jedoch jene Gerüchte, die gewisse Dinge nur vage andeuteten oder pikante Details so verschwiegen, daß sie sich mit etwas Phantasie erahnen ließen. Gerüchte, die in menschliche Abgründe blicken ließen. Gerüchte von dunklen Festivitäten, von der unersättlichen Fleischeslust der inzwischen über Siebzigjährigen, und von den abscheulichen Vertrauten, mit denen sie sich umgab.

Dilara betrachtete die Männer und Frauen, die ihren Weg säumten. Sie blickten ernst und verschlossen, wie es das Protokoll gebot.

Überhaupt schien das Leben in der Verbotenen Stadt nach strengen Regeln abzulaufen. Sicherlich war vorgeschrieben, wer an welcher Position stehen durfte.

Die Vampirin glaubte, im Vorübergehen feststellen zu können, daß sich die Dichte der Krieger erhöhte, je näher sie dem Thron kam. Und mit den Kriegern ging auch eine Veränderung vor.

Ihr stockte der Atem. Sie begriff, warum Antediluvian sie hierhergeschickt hatte. Sie alle waren Vampire. Alle!

Und Tze Hsi?

Am Ende der Halle, dort, wo sich die Schatten verdichteten und zwei riesige Räucherschalen fetten Qualm spieen, befand sich eine weitere kleine Treppe. Sie führte hinauf zu einem monströsen Gebilde, dessen Formen sie erst im allmählichen Näherkommen erfaßte. Mitten im Raum stand der Drachenthron, bewacht von zwei steinernen Elefanten.

Und darauf ruhte, beinahe verschwindend klein und dennoch so präsent in ihrer Ausstrahlung, die Kaiserinwitwe.

In diesem Augenblick hielt der Zug erneut. Tai Xian

schnippte mit den Fingern, woraufhin die vier Träger mit Antediluvians Geschenk an ihnen vorbei und vor den Thron traten, um die Truhe dort vorsichtig abzusetzen.

Dilara spürte deutlich die Gefahr, in der sie sich alle befanden. Sollte irgend etwas das Mißfallen Tze Hsis erregen, würde ein einziger Fingerzeig von ihr genügen, und ihre Krieger würden sich ungeachtet ihrer diplomatischen Mission auf sie stürzen und sie zerreißen.

Sie beobachtete die Kaiserinwitwe gespannt. In einem strengen, alterslosen Gesicht funkelten ein Paar obsidianschwarzer Augen. Ihr blauschwarzes Haar, das wohl seit ihrer Kindheit nicht mehr geschnitten worden war, trug sie kunstvoll über dem Kopf zusammengebunden und von Stäben durchbohrt, die Dilara an die Borsten eines Stachelschweins erinnerten. Ihr edles Haupt erschien dadurch wie von einer geheimnisvollen schwarzen Aureole umgeben.

Auch ihre Fingernägel waren wohl nie mehr gekürzt worden. Sie mochten zehn oder mehr Zentimeter messen. Genau konnte Dilara das nicht sagen, denn sie steckten in goldenen und schwarzen Futteralen aus getriebenem und lackiertem Blech.

Dilaras Blick glitt über das weitgeschnittene Gewand, dessen Muster ein raffiniertes Spiel verschiedener Abstufungen von Schwarz darstellte, hin zu den Füßen der Kaiserinwitwe, die in der grausamen Tradition chinesischer Frauen völlig verkrüppelt waren.

Tai Xian trat einen Schritt vor und verneigte sich mit vor der Brust gefalteten Händen. Tze Hsi nickte nur unmerklich, ohne einen Gesichtsmuskel anzustrengen.

Mit einem Mal wurde es Dilara klar, was sie die ganze Zeit über gewußt hatte. Es war eine logische Folgerung ihrer Beobachtungen.

Die Herrscherin war – wie auch ihre Vasallen – vampirischer Natur. Anders wäre ihre Machtausstrahlung auch kaum zu erklären gewesen.

Eine Vampirin als offizielle Herrscherin über ein riesiges Reich. Was für eine faszinierende Vorstellung! Auf London, England und Europa übertragen hätte das bedeutet, die Stadt und das Königreich würden vom Ältestenrat der Nosferati regiert, unter der Führung von König Antediluvian I., dem auf der anderen Seite des Kanals ein vampirischer deutscher Kaiser Wilhelm II., der französische Präsident und der untote Zar Nikolaus II., Herrscher über die endlosen Weiten Rußlands, gegenüberstünden.

Allein die Vorstellung dieser Machtkonzentration auf der anderen Seite des Globus mußte ihren Herrn sowohl beunruhigen, aber auch seine düstere Phantasie beflügeln.

„Der mächtige Antediluvian läßt Euch untertänigst grüßen, edler Stammvater", intonierte Tai Xian unter Berücksichtigung der Tatsache, daß sich die Kaiserinwitwe gerne als Mann anreden ließ. „Er schickt Euch durch seine Abgesandte eine unbedeutende Nichtigkeit als Zeichen seiner Bewunderung und tiefempfundenen Freundschaft."

Wieder schnippte er mit den Fingern.

Zeitgleich lösten die vier Männer die versteckten Verschlüsse unter dem Pagodendach des rotgoldenen Schreins und lüfteten dieses Zentimeter um Zentimeter.

Dilara hielt die Luft an.

Dilaras Augen wanderten zwischen der Truhe und Tze Hsis Gesicht hin und her. Ihr wurde bewußt, daß die Kaiserinwitwe den Inhalt der Truhe von ihrem erhöhten Standpunkt aus einige Sekunden vor ihr würde zu sehen bekommen.

Es war soweit!

Die Augen der Frau auf dem Thron weiteten sich unmerklich.

Dilaras Körper war angespannt. Sie war bereit, sich augenblicklich zu verwandeln, auch wenn sie vermutete, daß ihr das wenig oder so gut wie nichts genutzt hätte, denn genau damit rechneten die Wachen Tze Hsis wahrscheinlich am ehesten.

Ihr fiel mit einem Mal auf, wie still es in der Halle geworden war. Unnatürlich still. Es war geradezu unmöglich, daß so viele zusammengedrängte Menschen nicht die geringsten Geräusche verursachten. Kein Rascheln von Kleidung, Hüsteln oder Scharren der Füße. Nichts. Alle warteten auf die Reaktion der Kaiserinwitwe.

Und die... lächelte. Lächelte breiter, bis erstaunlich regelmäßige, lange und spitze Zähne sichtbar wurden.

Mehr noch: Sie stand von ihrem Thron auf.

Erst jetzt konnte auch Dilara sehen, worum es sich bei Antediluvians Geschenk handelte.

Es war eine Schlange von goldener Farbe. Träge, sehr träge ringelte sie sich in dem Pagodengefängnis und gab dabei leise, rasselnde Laute von sich. Das Reptil hob seinen flachen Kopf und blickte mit starren, ebenfalls goldgelben Augen in die Runde.

Die Kaiserinwitwe nickte wohlwollend, neigte sich zu einem der Eunuchen, die mit maskenhaft versteinertem Gesicht in ihrer unmittelbaren Nähe standen, und flüsterte diesem etwas zu.

Der Mann trat vor und verkündete: „Unser edler Stammvater nimmt das Geschenk des großen Antediluvian an und sendet ihm ihre wohlwollenden Grüße."

Tze Hsi winkte ihren Diener mit einer aufreizend langsamen Bewegung ihrer langen Finger zu sich zurück. Sie wirkte dabei wie eine Spinne, die sich in den kunstvoll gesponnenen Fäden ihres Netzes auf ein Opfer zubewegt. Wieder flüsterte sie, riß dabei die Augen weit auf und blickte von Dilara zu Tai Xian und zurück zu der Truhe.

„Meine Herrin läßt mitteilen, daß sie davon ausgeht, daß auch die Überbringer..."

Eine eiserne Faust krallte sich um Dilaras Herz.

„... als Teil des Geschenkes zu betrachten sind."

In einer marionettenhaften Geste hob die Kaiserinwitwe ihre rechte Hand, deutete auf die vier stummen Diener und leckte sich mit spitz zulaufender Zunge über die schwarz geschminkten Lippen.

Dilara fühlte unendliche Erleichterung in sich aufsteigen. Sie als Spielzeug in den Händen dieser undurchschaubaren Kreatur? Nein, das wollte sie sich gar nicht vorstellen müssen. Allein der Gedanke an die stummen Schreie, die sie den vier Männern in ihren Gemächern abringen würde, ließ die Vampirin frösteln.

„Euch", fügte der Eunuch hinzu und blickte nun Tai Xian und Dilara an, „lädt meine großzügige Herrin ein, morgen an der Verbannung eines Hochverräters durch das Seelentor teilzunehmen."

Der Diener verbeugte sich und trat zurück an die Seite der Kaiserin.

„Kommt, Miß Demimondes!" zischte Tai Xian und zog sanft an Dilara, die immer noch bestürzt dastand. „Unsere Audienz ist damit beendet. Wir müssen Platz machen für die nächste Abordnung!"

Gu Song, der Offizier, der sie schon auf ihrem Weg in die Verbotene Stadt begleitet hatte, war plötzlich an ihrer Seite

und führte sie am Thron vorbei zu einem Seitenausgang der Halle. „Euch wird eine große Ehre erwiesen!" flüsterte er. Doch Dilara konnte seinen Worten kaum folgen. Sie sah auch nicht die neidischen Blicke der Menschen, an denen sie vorüberkamen. „Sie wird, wir Ihr wohl wißt, nur wenigen Auserwählten zuteil", bekräftigte Gu Song seine Worte. Dilara hatte geahnt, daß er etwas in der Art sagen würde.

*Shanghai, September 2006, auf dem Weg zum Jin Mao Tower*

Suemi steuerte ihren kleinen Wagen geschickt durch das Verkehrsgewühl, das das Stadtbild von Shanhgai bestimmte.

Calvin hatte Mick nur zu bereitwillig den Platz auf dem Beifahrersitz überlassen und sich auf den Rücksitz gequetscht, was ihm aufgrund seiner hageren Statur möglich war. Der Voodoovampir-Cop hatte schon Probleme, seine hochgewachsene Gestalt auf dem Vordersitz unterzubringen.

Calvin fühlte sich ohnehin wohler, wenn er Suemi im Auge hatte. So wie jetzt, als er sie von hinten beäugte. Er hatte asiatische Frauen nie sonderlich anziehend gefunden, ihm lag mehr der rassige südländische Typ, wie ihn Dilara verkörperte. Dennoch besaß Suemi eine starke erotische Ausstrahlung, auf eine kühle, distanzierte Art, die ihre klassisch schlichte Kleidung betonte. Wieder trug sie einen unauffälligen Hosenanzug, dessen Schnitt und Material aber einen erlesenen Geschmack bekundeten. Auf Schmuck verzichtete die Chinesin völlig.

Irgend etwas mißfiel Calvin an ihr.

Suemi schien seine Musterung nicht zu spüren, oder sie ignorierte sie bewundernswert lässig und ließ sich nichts anmerken. Sie lächelte Mick gerade an. „Der Jin Mao Tower ist schon sehr beeindruckend!" Stolz schwang in ihrer Stimme.

„Ich habe gelesen, daß er umgerechnet um die 600 Million Euro gekostet haben soll. Das ist ein stolzer Preis!"

„So ist es! Knapp fünf Jahre wurde daran gebaut, bis er 1998 fertiggestellt wurde."

„Das glaube ich, daß man so ein gigantisches Teil nicht mal eben hochziehen kann." Mick schien ehrlich beeindruckt zu sein.

Das Gespräch entlastete Calvins ohnehin angespanntes Nervenkostüm nicht gerade, und er konnte sich nur im allerletzten Moment einen bissigen Einwand verkneifen, daß er momentan keine Lust auf eine Diskussion über Architektur verspürte. Immerhin bot sie ihm die Möglichkeit, sich in sich selbst zurückzuziehen. Sich mental Dilara zu nähern. Und schon bald fühlte er wieder dieses Schwingen in sich. Schwach zwar, aber dennoch vernehmbar.

Suemi vollzog mit dem Wagen einen kleinen Schlenker und parkte das Gefährt. „Wir sind da!" sagte sie überflüssigerweise, denn der Jin Mao Tower war omnipotent. Man hätte schon blind sein müssen, um ihn nicht wahrzunehmen.

Schweigend stiegen sie aus und blieben einen Moment in sich versunken stehen, gingen dann langsam einige Schritte näher und warfen die Köpfe in den Nacken. Sie starrten an dem gigantischen Turm hoch, dessen treppenförmig aufsteigende Fassade aus Stahl und Glas, die sich nach oben hin verjüngte und an eine chinesische erinnerte.

„Achtundachtzig Stockwerke!" entfuhr es Mick. „Wow!"

Suemis schlanker Körper nahm eine aufrechte Haltung an. „Die Acht ist eine Glückszahl und in diesem Gebäude mehrfach vertreten. Dieser Turm hat eine *besondere* Bedeutung!"

Wieder verspürte Calvin ein mulmiges Gefühl. Die Art und

 SOLANGE DU DEM ANDEREN...

Weise, wie die Geheimdienstlerin die letzten Worte betonte, mißfiel ihm und warnte ihn nachhaltig, vor ihr auf der Hut zu sein.

Aber in Calvin stieg auch Erregung auf. Zumal sich, seit sie vor dem Tower standen, wieder etwas heftig in ihm geregt hatte. Dilara, dachte er, ich werde alles daransetzen, dich zu befreien!

Mick hingegen befiel plötzlich ein dumpfes Gefühl drohenden Unheils. Er schöpfte tief Atem und sah seine beiden Begleiter an. „Dann laßt uns die Höhle des Löwen betreten!"

# WER DIE WAHRHEIT SUCHT, DARF NICHT ERSCHRECKEN, WENN ER SIE FINDET.

(Unbekannt)

WER DIE WAHRHEIT SUCHT...

Shanghai, September 2006, Jin Mao Tower

Beinahe ehrfurchtsvoll, als beträten sie geheiligten Boden, setzten die drei ihre ersten Schritte zögernd in das Innere des Jin Mao Towers.

„Hölle noch mal", entfuhr es Calvin laut. „Das ist in der Tat beeindruckend."

„Nicht wahr?" Suemi ließ ihren Blick umherschweifen. „Dieser Tower ist eines der Wahrzeichen des *neuen* Chinas."

In ihrer Stimme schwang etwas Fanatisches, das Calvin aufhorchen ließ, aber er rief sich sofort zur Ordnung. Was war falsch daran, Nationalstolz zu besitzen?

„Ist wahrlich ein Ding, dieser Wolkenkratzer", ließ auch Mick verlauten. „In der Regel lassen mich tote Steine ja völlig kalt, aber dieser Tower hat wirklich etwas. Er strahlt eine ungeheure... Macht aus."

„Ja", flüsterte Suemi. „Du sagst es – Macht!"

Mick grinste. „Wenn das alles hier vorbei ist, sollten wir uns im Grand Hyatt Shanghai verwöhnen lassen. In einer der 555 Suiten. Das wäre es doch, wenn wir zusammen in dem höchst gelegenen Swimmingpool der Welt plantschten." Er warf Calvin einen raschen Blick zu. „Jetzt, wo auch ihr euch in fließendes Wasser begeben könnt."

Bei seinem letzten Satz schien die Chinesin aufzuhorchen.

Doch Mick redete schon weiter. „In der Nobelherberge würde ich zu gerne mal absteigen. Man stelle sich das mal vor; die oberen dreiunddreißig Etagen nimmt dieses Hotel ein. Ich habe gelesen, daß die Spitze des Turmes bei starkem Wind schon mal bis zu fünfundsiebzig Zentimeter hin und her schwankt, und daß daher Stahlrohre achtzig Meter in die Tiefe ragen, um ihm Stabilität zu geben. Das ist ein Wunder der Architektur. Angeblich soll der Tower auch jedes Erdbeben überstehen – eine geile Sache."

„Du gerätst ja richtig ins Schwärmen und vergißt völlig, warum wir hier sind. Darf ich daran erinnern? Ich glaube, das ist wichtiger als Poolplantschen", konnte sich Calvin nicht verkneifen.

An dem Cop prallte die bissige Bemerkung ab. Er war aber erstaunt über sein eigenes Verhalten. „Kommt!" sagte er daher und gab Calvin und Suemi ein Zeichen, ihm zu den Highspeed-Aufzügen zu folgen. „Schauen wir uns Shanghai mal von oben an und überlegen, was zu tun ist!"

Sie betraten einen der neunundsiebzig Hochgeschwindigkeitsfahrstühle. „Sieh an", murmelte Mick. „Etage 53 bis 87... das Grand Hyatt Shanghai!"

Mit neun Metern pro Sekunde wurden sie nach oben befördert. Calvin schloß die Augen und verspürte zeitgleich ein heftiges Vibrieren in sich. Dilara!

*Peking, November 1908*

„Ihr habt es gewußt, oder?" fragte Dilara ihren chinesischen Begleiter, als sie entlassen worden waren und sich im nach drei Seiten offenen Teezimmer des Gästehauses gegenüber saßen.

„Was?"

„Welche Art von Geschenk wir überbringen würden."

Tai Xian zögerte unmerklich: „Sagen wir... ich habe es geahnt. Die Dinge, die Antediluvian mir zu besorgen aufgetragen hatte, ließen darauf schließen. Und bedenkt... es sollte kühl und dunkel aufbewahrt werden..."

 WER DIE WAHRHEIT SUCHT...

„Ich verstehe. Die Schlange hat die meiste Zeit geschlafen. Dennoch! Es war riskant, nicht wahr?"

„Ziemlich! Es ist bekannt, daß die Kaiserinwitwe Gefallen an derartigem Spielzeug findet. Aber ihr Jähzorn ist berüchtigt. Wenn ihr das Geschenk mißfallen hätte... Nicht wenige sind von Tze Hsi wegen geringerer Dinge bestraft worden, diplomatische Mission hin oder her... sie macht da keine großen Unterschiede. Aber unser Meister muß gewußt haben, was er tat. Ich glaube nicht, daß er uns unnötig einer Gefahr ausgesetzt hätte."

Dilara hatte im Laufe ihres Lebens ganz andere Erfahrungen machen müssen. Doch Tai Xian schien recht zu haben. Antediluvian hätte nicht riskiert, die Kaiserinwitwe zu brüskieren, die für ihn eine mächtige Verbündete darstellen mußte.

„Erzählt mir etwas über das Seelentor, Tai Xian!" forderte sie ihren Begleiter auf. „Warum ist es eine so große Ehre, daß ich es zu sehen bekomme?"

Dem Statthalter Antediluvians wurde es sichtlich unbehaglich. Er zögerte seine Antwort hinaus, indem er vorgab, sich intensiv mit der Kanne zu befassen und die Qualität des darin befindlichen Tees zu prüfen. „Das Seelentor, Herrin", begann er, „ist ein gut gehütetes Geheimnis. Es zu sehen, hat für viele von uns die Vernichtung bedeutet. Es verhält sich nämlich so, daß durch das Seelentor jene Chiang-Shih ins Nichts geschickt werden, die in Ungnade gefallen sind."

„Du meinst, sie werden vernichtet?" Dilara bekam bei der Vorstellung eine Gänsehaut. Sie hatte in ihrem langen, untoten Leben schon etliche ihrer Art vergehen sehen. Es war in keinem Fall eine angenehme Erfahrung gewesen.

„Vernichtet nicht im eigentlichen Sinne." Tai Xian legte die Stirn in Falten. „Ich meine... nicht physisch..."

„Nicht... physisch?" Was wollte er damit sagen? Daß diejenigen, die durch das Tor gingen, wahnsinnig wurden?

„Nun, wir wissen es nicht genau. Sie... verschwinden."

„Sie lösen sich auf?"

„Nicht so, daß man es sehen könnte. Nein, sie treten durch das Tor und fallen in einen finsteren Abgrund. Gehen auf im ewigen Nichts. Jedenfalls glauben das die Ältesten, die diese Art von Bestrafung anordnen. Bisher ist noch nie jemand durch dieses Tor zurückgekommen."

„Wer hat es geschaffen?" wollte Dilara wissen.

„Schon viele haben versucht, das herauszufinden. Manche von ihnen haben ihre Neugierde mit dem Leben bezahlt. Wir glauben, daß es einer derer war, jener Einsiedler, die sich vor Hunderten von Jahren in die Berge zurückzogen, um nach den Prinzipien des Dao zu leben. Diese nach Unsterblichkeit Strebenden haben viele Geheimnisse geschaffen, die wir heute nicht mehr verstehen. Auf ihrer Suche nach dem Dan, einer Essenz, die ewiges Leben versprach, entdeckten sie das Schießpulver. Es wäre möglich, daß das Seelentor in der Lage ist, den Prozeß, nach dem die Fangshi geforscht haben, umzukehren und die Unsterblichkeit zu nehmen."

„Das würde bedeuten, daß der Betroffene in den Zustand übergeht, in dem er sich befände, wäre er zu der ihm vorbestimmten Zeit gestorben."

„So ungefähr stellen wir es uns vor, Herrin."

„Ihr habt es selber gesehen, nicht?"

Tai Xian schluckte. Seine Mimik sprach Bände. Endlich überwand er sich: „Der Patriarch, der mir den Kuß der Verdammnis spendete, wurde durch dieses Tor gesandt."

Dilara nickte ihm zu und hoffte, er werde weitersprechen.

„Sein Name war Huan Ming. Er war ein großer Mann. Einer unserer Ältesten. Doch er wurde zu mächtig. Seine Gegenspieler intrigierten gegen ihn. Er wurde gefangengenommen und des Hochverrats bezichtigt. Um ein Exempel zu statuieren, sandte man ihn durch das Tor. Er ging mit unvorstellbarer Würde hindurch."

„Huan Ming..." Sie hatte den Eindruck, der Name sage ihr mehr, als er eigentlich dürfte. „Huan..." flüsterte sie und blickte angestrengt auf den sich im Wind wogenden Bambus im Garten des Gästehauses. „Wann war das?"

„Es ist erst wenige Jahre her. Mir scheint, als wäre es erst gestern gewesen."

„Genauer!"

„Im Jahre 1885 Eurer Zeitrechnung."

Dilara fühlte sich von großer Erregung ergriffen.

„Beschreibt ihn!" forderte sie Tai Xian atemlos auf.

„Ihr fragt, als glaubtet Ihr, ihn zu kennen." Der Vampir trank einen Schluck aus seiner Teeschale. Er mußte nach Worten suchen. „Er war hochgewachsen und trotz seines fortgeschrittenen Alters von athletischer Gestalt. Das Auffallendste an ihm aber waren seine Augen. Denn sie waren von einem so intensiven Violett, wie ich es nie wieder gesehen habe."

„Ich kenne ihn!" Dilara hatte hastig den Arm ihres Gegenübers ergriffen. „Ich bin ihm begegnet. In London!"

„Das ist nicht möglich!" stieß Tai Xian hervor. „Er ist niemals in Eurem Land gewesen. Er trat durch das Tor, bevor Ihr ihn gesehen habt. Ihr müßt Euch irren!"

*London, 1888*

Als die massige Gestalt aus dem Hauseingang trat, fuhr Dilara erschrocken zusammen und duckte sich unwillkürlich in eine Nische auf der anderen Seite der engen Gasse, wo leere Fässer,

Drahtgitter und feuchte Lumpen vor sich hin rotteten und dumpfe Finsternis dem trüben Licht dieses Tages die Stirn bot.

Der Fremde blieb unentschlossen vor dem Gebäude stehen, in dem, wie sie nun sah, ein Übersee-Handelstrust seine Geschäftsräume hatte. Er starrte angestrengt in die Schwärze, in die sie sich geflüchtet hatte. Wenn er ein Mensch war, konnte er sie unmöglich sehen. Doch ihr Instinkt sagte ihr, daß er dieselbe vampirische Natur besaß wie sie. Und dieser Gedanke vertiefte ihren Schrecken nur noch mehr, denn die Silhouette kam ihr bekannt vor. Doch der, dem sie entsprach, durfte nicht mehr existieren.

Kyuzaemon, Antediluvians asiatischer Handlanger, war seines untoten Lebens beraubt worden. Dilara erinnerte sich nur allzugut an den ungleichen Kampf am Sankt Gotthardpaß, aus dem sie nur dank ihres unverschämten Glücks als Siegerin hervorgegangen war.

Und nun war er gekommen, um sich zu rächen.

Doch warum griff er sie nicht endlich an?

Wenn er sie in dieser wenig belebten Seitenstraße vernichtet hätte, wäre es niemandem aufgefallen. Es war ein Fehler gewesen, die Fleet Street zu verlassen, aber sie liebte das andere Gesicht Londons, das nur wenige Menschen kannten. Das London der Hinterhöfe, der verwildernden Gärten und verwinkelten Gassen. Wie aus einer fernen Welt brandeten die Geräusche der Stadt zu ihr herüber. Wenn sie um Hilfe riefe… nein, die würde zu spät kommen.

Der Schemen machte einen Schritt auf sie zu. Dabei fiel ein Lichtschein auf sein Gesicht, und Dilara erkannte, daß sie sich geirrt hatte. Es bestand zwar eine gewisse Ähnlichkeit, doch der Mann mit den mongolischen Zügen war wesentlich älter als der Asiate, den sie getötet hatte. Seine zu einem einzigen, dicken Zopf geflochtenen Haare wurden von grauen

Strähnen durchzogen. Er trug einen schwarzen Mantel mit Stehkragen.

Die Vampirin war überzeugt, daß er ein Bewohner der Schattenwelt war.

Deshalb entschloß sie sich zur Offensive.

„Hütet Euch, mir zu nahe zu kommen!" sagte sie mit fester Stimme.

Der Unbekannte wich zwei, drei Schritte zurück. Dann fragte er mit einer tiefen, wohlklingenden Stimme, aber mit stark fremdländischem Akzent in die Dunkelheit: „Wer seid Ihr?"

Dilara trat aus dem Schatten hervor. Sie trug ein enges Mieder und einen bodenlangen, mit Rüschen besetzten Rock von blutroter Farbe. Als Schutz vor der Tagessonne und den aufdringlichen Blicken, vor allem männlicher Flaneure in den Straßen Londons, hatte sie einen Hut aufgesetzt, dessen Schleier ihr Gesicht zur Hälfte verdeckte.

„Wäre es nicht höflich, wenn Ihr Euch als erster vorstellen würdet? Ihr habt einer Lady einen gewaltigen Schrecken eingejagt…"

„Verzeiht, ich bin fremd hier und mit Euren Gepflogenheiten nicht vertraut."

Sie spürte seine machtvolle Aura und zugleich die Verwirrung, die seinen Geist lähmte. Er machte auf sie den Eindruck eines Kindes, das sich in einer fremden Stadt verlaufen hat.

„Ich will es Euch nachsehen… also?"

„Ich bin… ich war… Mein Name ist Huan Ming." Wieder erschien der Ausdruck von Verwirrung auf seinem Gesicht. Seine Augen besaßen eine ganz eigentümliche Farbe. Sie waren violett.

Der Asiate blickte zu dem Gebäude, aus dem er herausgetreten war. *The Bund* stand auf einer polierten Messingplakette.

„Ich bin Dilara Demimondes", erwiderte Dilara und trat auf ihn zu, um ihm die Hand zu reichen. Er wich zurück. Die Vorstellung war einfach lächerlich, aber der gewaltige Vampir schien durch ihr Auftreten verunsichert zu sein. Sie mußte ihn unbedingt zu Antediluvian bringen! Vielleicht würde der ihm helfen können.

„Ihr seid... wie ich!" stellte Huan Ming fest und beobachtete Dilara mißtrauisch.

„Und Ihr wie ich. Natürlich! Hört, wir können hier nicht offen miteinander sprechen. Folgt mir!"

Sie wartete nicht ab, ob er ihrer Aufforderung nachkam, sondern setzte sich in Richtung St. Paul's Cathedral in Bewegung. Tatsächlich beeilte sich der Fremde aufzuholen, um an ihre Seite zu gelangen.

„Wohin bringt Ihr mich?" fragte er.

„Zu meinem Herrn, dem Fürsten der Nosferati. Antediluvian."

„Antediluvian? Ich glaube, ich habe diesen Namen schon einmal gehört. Vor langer Zeit..."

„Ich denke doch, daß Ihr ihn kennt, Huan Ming. *Jeder* Bewohner der Schattenwelt kennt ihn. Er ist..." Dilara hielt inne. „Ihr hört mir nicht zu!"

Huan Ming blickte sich ständig um, als befürchte er, verfolgt zu werden. Er beobachtete den Himmel, schien aber auch aus anderer Richtung mit einem Angriff zu rechnen.

„Was ist los mit Euch? Werden wir verfolgt?" wollte Dilara wissen, doch er antwortete nicht. Seine Augen verengten sich zu schmalen Schlitzen, und er blieb stehen.

Dilara versuchte, seinem Blick zu folgen, doch sie sah nichts, was seine plötzliche Panik hätte auslösen können. Dort war nichts außer einem Torbogen, durch den man in einen nach fernöstlichem Vorbild gestalteten Park gelangte. Nichts Bedrohliches ging von dieser friedlichen Gartenlandschaft aus, und doch schien Ming sie zu fürchten. Er hatte sogar Todesangst!

Jäh drehte er sich um und rannte dorthin zurück, woher sie gerade gekommen waren.

Sie bemühte sich, nicht zurückzubleiben, doch der Hüne machte gewaltige Schritte, und die Angst trieb ihn zu größter Geschwindigkeit an.

Dilara wagte es nicht, sich zu verwandeln, um ihm in einer schnelleren Gestalt auf der Spur zu bleiben. Das Risiko, dabei von Sterblichen beobachtet zu werden, durfte sie nicht eingehen.

Und so verlor sie ihn in den schmalen Gassen und Hinterhöfen.

Dilara erzählte Antediluvian von ihrer Begegnung, als er sie einige Wochen später in ihrem Haus in der Park Lane aufsuchte, das sie seit langem alleine bewohnte. Er hatte oft versucht, sie dazu zu bewegen, sich ganz den Nosferati anzuschließen und mit ihnen in den unterirdischen Gewölben Londons zu leben, doch sie widerstand ihm nach wie vor erfolgreich.

Die Macht, die ihr ein Leben an seiner Seite versprach, wog nicht die Freiheit auf, die sie dafür hätte opfern müssen. Zwar hatten sich ihre Gefühle für den Ältesten im Laufe der Zeit gewandelt, und die Dankbarkeit für ihre Rettung von den Tyburn Gallows hatte sich in den Trotz einer heranwachsenden Blutstochter und schließlich Auflehnung gegen sein Joch gewandelt, doch eines hatte sie nie für ihn empfunden – Zuneigung.

Er hörte ihr an diesem Abend geduldig zu und nickte von Zeit zu Zeit. Dann sagte er: „Ich wünschte, ich hätte mit diesem Huan Ming sprechen können. Es gibt Dinge, werte Dilara, deren Bedeutung auch mir verborgen bleiben. Viele Dinge! Dazu zählt auch deine Geschichte, die nicht die erste ihrer Art ist. Ich habe schon früher von Schattenweltlern gehört, die plötzlich auftauchen und ohne räumliche oder zeitliche Orientierung aufgegriffen werden. Bemerkenswerterweise schienen sie alle eine weite Reise hinter sich zu haben. Leider habe ich selber nie mit einem von ihnen reden können."

„Was mag mit ihm geschehen sein?" fragte Dilara.

„Sie alle verschwinden irgendwohin. Manche sind so verwirrt, daß sie ihrem untoten Leben selber ein Ende setzen." Antediluvian hob resignierend die mächtigen Schultern. „Und dieser... dieser..."

„Huan Ming!"

„Dieser Mann sprach unsere Sprache?"

„Ja, wenn auch mit einem starken Akzent."

„Immerhin. Das war meines Wissens vorher noch nie der Fall. Deshalb wissen wir so wenig über diese Leute."

*Shanghai, September 2006*

Der Drache zitterte vor Erregung.

Seine Schergen hatten ihm soeben berichtet, daß sie ihre Mission erfüllt hatten. Somit befand sich ein weiterer wichtiger „Trumpf" in seiner Gewalt. Eine weitere „Spielfigur", die ihm den Reiz und die Vollstreckung seiner Rache erhöhen würde. Wie groß war seine Begierde, den Verlauf voranzutreiben! Er konnte sie kaum beherrschen, doch er wußte sich zur Besonnenheit zu zwingen, um seine Züge nicht zu gefährden, die er bisher wohldurchdacht durchgeführt hatte.

Mutterherz gegen Mutterherz, durchfuhr es ihn und sein Rachedurst drohte ihn zu übermannen, aber der Drache hatte sich schnell wieder in der Gewalt. Darin war er ein wahrer Meister.

Er setzte die Maske auf, verbarg dahinter sein Gesicht bis auf die Augen- und Mundöffnung und machte sich auf den Weg, seine neue Gefangene in Augenschein zu nehmen.

Seine Handlanger hatten ihm versichert, daß die Frau wohlauf, aber entkräftet und teilweise verwirrt sei. Letzteres mißfiel dem Drachen. Schließlich sollte auch sie sich des Ausmaßes ihrer Situation voll und ganz bewußt sein. Nur so war seine Vergeltung auch in Gänze auskostbar.

Er betrat das enge, zellenähnliche, spartanisch eingerichtete Zimmer, an dessen Fenster eine Frau in einem Rollstuhl saß, die ihn aus stumpfen Augen betrachtete.

„Ich freue mich, Sie in meiner bescheidenen Behausung als meinen Gast begrüßen zu können!" sagte der Drache kalt.

Die Frau öffnete den Mund, um etwas zu erwidern, brachte aber nur ein undeutliches Gurgeln hervor.

„Ich verstehe nicht, meine Liebe, Sie müssen deutlicher sprechen!" Seine Stimme troff vor Hohn, denn er wußte, daß sich die Frau in einem erbärmlichen Zustand befand, sowohl physisch als auch psychisch.

Wieder erklangen die unartikulierten Gurgellaute.

Der Drache stieß ein zynisches Lachen aus. „Sie müssen sich mehr Mühe geben, meine Liebe. Sie wollen Ihrem Sohn doch nicht in diesem Zustand gegenübertreten, Mrs. Vale!"

Abrupt setzte sich Dilara auf. Calvin war in der Nähe! Sie spürte es mit jeder Zelle ihres Körpers. Aufgewühlt lief sie in ihrem Gefängnis auf und ab und spürte, wie die mentale Fessel, die ihr Peiniger über sie verhängt hatte, allmählich wich. Entweder bewirkte das Calvins Nähe, oder aber ihr Entführer lockerte mit Absicht seine geistige Umklammerung, oder er war mit anderen Dingen beschäftigt.

Wahrscheinlich von jedem etwas, dachte Dilara.

Die schöne Vampirin grübelte gerade darüber nach, wie sie die Aufmerksamkeit ihres Entführers auf sich ziehen konnte, um ihm endlich die Stirn zu bieten. Da öffnete sich die in der Wand verborgene Tür und er stand – wieder maskiert – wie eine Schattengestalt vor ihr. Doch der Anblick täuschte. Dilara wußte, daß er ein Mensch und nicht von ihrer Art war.

Sie *roch* es!

Und sie nahm wahr, daß sich sein Blut in Wallung befand. Seine Blume breitete den Duft der Erregung aus, in der er sich augenscheinlich befand. Das sah Dilara auch an dem Funkeln seiner Augen.

„Immer noch maskiert?" fragte sie ironisch und zog die Augenbrauen nach oben. „Das nenne ich wirklich mutig!"

Das wütende Funkeln in den Augen des Unbekannten verriet ihr, daß ihre verbalen Pfeile getroffen hatten, aber er ließ es sich nicht anmerken, beherrschte sich meisterlich und wahrte Haltung. „Nicht nur Mut ist entscheidend!" entgegnete er ruhig.

„Wobei?" fragte Dilara herausfordernd. Sie erwartete nicht wirklich, daß er sich aus der Reserve locken ließ.

Seine Reaktion erstaunte sie jedoch. Er warf amüsiert den

Kopf in den Nacken. „Manchmal bist du erfrischend naiv für eine über vierhundert Jahre alte Vampirin!"

Sie ging nicht darauf ein. Ihre Gedanken waren ganz woanders. Bei Calvin, den sie in der Nähe fühlte. Aber da war noch etwas. Eine Wesenheit, die Calvin glich – oder Teile von ihm in sich trug. Dilara war verwirrt. Wie konnte das sein? Vor allem, *wer* konnte das sein?

Auch ihre Verunsicherung schien er zu bemerken, was diese wiederum verstärkte, weil Dilara nichts mehr haßte, als die Kontrolle über sich und das Geschehen zu verlieren. Und genau das geschah, seit sie der Maskierte entführt hatte.

Er trat einen Schritt weiter in den Raum, so daß sie erkennen konnte, daß er von hagerer, sehniger Gestalt war, soweit es sein lose fallender Anzug verriet, der deutlich über asiatisch schlichten Schnitt verfügte.

Dilara fühlte sich wie ein Pantherweibchen, das zum Sprung bereit war.

Der Maskierte lächele blasiert. „Versuche es erst gar nicht. Es wird..."

Doch sie sprang, prallte gegen eine unsichtbare Wand, eine Ummantelung, die ihn zu umhüllen schien, und taumelte einige Schritte zurück.

Seine Miene wurde noch arroganter. „Ich sagte doch, versuche es nicht. Auch ich habe meine Mittel." Er musterte sie, als wäre sie ein giftiges Insekt. Dann schien er schlagartig das Interesse an ihr zu verlieren. Doch sein verschlagener Blick streifte sie noch einmal, bevor er den Raum verließ. „Ich habe einen weiteren Gast, um den ich mich kümmern muß. Ein Gast, der in gewisser Verbindung zu dir steht."

Ehe Dilara etwas erwidern konnte, war er verschwunden. Benommen taumelte sie auf das Bett zurück, und schnell hatten sie wieder ihre Erinnerungen eingeholt.

*Peking, November 1908*

"Der, den Ihr da beschreibt… was wurde aus ihm?" fragte Tai Xian, und Dilara hatte den Eindruck, Hoffnung schwinge in seiner matten Stimme mit.

"Wir hörten nie wieder von ihm. Er wurde nicht mehr gesehen. Ich ging davon aus, er sei auf irgendeinem Wege dorthin zurückgekehrt, woher er gekommen ist. Mehr kann ich Euch leider nicht mitteilen", sagte sie bedauernd. "Aber erzählt mir doch mehr über diese acht Unsterblichen, von denen Ihr gesprochen habt. Was hat es mit ihnen auf sich? Waren sie Schattenwesen?"

"Die Fangshi?"

"Ja. Ich glaube, so nanntet Ihr sie."

"Nein, ich glaube nicht, daß sie zu uns gehörten. Allerdings scheinen sie von unserer Existenz gewußt zu haben. Man bezeichnet sie als Zauberpriester, die sich auf das Austreiben böser Geister, die Heilung, Wahrsagekunst, Sterndeutung und das Aufspüren irdischer Kraftlinien verstanden. Als Quelle ihrer Unsterblichkeit wird die Einnahme von Drogen angenommen, deren Natur wir nicht kennen. Aber ich glaube nicht, daß sie wirklich unsterblich waren. Mir ist jedenfalls noch keiner von ihnen begegnet." Tai Xian lachte, doch es klang ein wenig gequält. "Nicht einmal Laozi…"

"Laozi?" Der Name kam ihr bekannt vor.

"Ihr kennt ihn vielleicht unter dem Namen Laotse. Einer der Drei Reinen. Manche verehren ihn als einen Gott. Für viele ist er die Personifizierung des Dao, des kosmischen Prinzips, auf dem unsere Welt basiert."

„Das klingt alles sehr kompliziert." Dilara legte ihre Mittelfinger an die Schläfen und begann sie zu massieren. „Und dieser Laozi ist auch ein Unsterblicher?"

„Wenn man so will… ja. Es heißt, er sei eines Tages nach Westen gezogen und nicht wieder zurückgekehrt. Seine Anhänger glauben, daß er eins wurde mit dem Himmel selbst, und sie verneigen sich deshalb zum Sternbild des Großen Bären, wo er den Überlieferungen nach zu finden ist."

„Falls er jemals existiert hat."

„Ja… falls er jemals existiert hat", bestätigte Tai Xian nachdenklich. Er schenkte Dilara Tee nach, schien jedoch nicht recht bei der Sache zu sein, denn er hielt auch dann nicht inne, als die Tasse schon überlief.

„Ich habe noch eine Frage, Tai Xian…" Sie befürchtete, der Chinese würde aufseufzen, aber er nickte ihr nur geduldig zu.

„Wie erklärt Ihr Euch, daß bislang niemandem aufgefallen ist, daß die höchsten Ämter im Kaiserreich von Vampiren ausgeübt werden?"

„Ich sagte Euch bereits, daß die Verbotene Stadt von gewöhnlichen Leuten nicht betreten werden darf. Unsere Rasse hat schon sehr früh damit begonnen, die Geschicke dieses Reiches in ihre Hände zu nehmen. Und sie hat sehr viel Sorgfalt darauf verwendet, unerkannt zu bleiben. Wir haben jahrhundertelang unter Verfolgungen leiden müssen, bis wir uns unserer Überlegenheit besannen. Der Mensch ist uns quantitativ überlegen, Miß Demimondes, doch nicht *qualitativ*."

„Warum habt Ihr Euch Antediluvian angeschlossen?" fragte Dilara, einer plötzlichen Eingebung folgend.

„Oh, ich tat es aus Opportunismus." Tai Xian öffnete den oberen Knopf seines Gehrocks, als ob ihm auf einmal zu warm sei. „Als sein Statthalter genieße ich weitgehende Immunität. Das bedeutet nicht, daß ich unantastbar bin. Und es ist mit einer Reihe von Nachteilen verbunden. Manche betrachten mich als einen Verräter, und ich bin ihren Anfeindungen ausgesetzt. Aber das kümmert mich nicht. Antediluvian ist zu mächtig, selbst hier, fernab Londons, als daß es jemand wagen würde, mir auch nur ein Haar zu krümmen."

In den frühen Morgenstunden des darauffolgenden Tages war das flache, braune Hügelland im Westen der Stadt in dichte Nebel gehüllt. Die Luft war feucht und kühl, das Atmen fiel schwer. Dennoch keuchte keiner der Diener und Träger der Karawane, die sich ihren Weg auf der alten Straße bahnte.

Am Berghang unter ihnen erstreckten sich, soweit das Auge reichte, Reisfelder. Auf denen standen seit Tagesanbruch Bauern mit Strohhüten und nackten Füßen im Wasser und verrichteten die schwere körperliche Arbeit. Nur wenige von ihnen besaßen Ochsengespanne, die ihnen im unwegsamen Gelände auch nicht unbedingt nützlich waren.

Als der Troß der Kaiserinwitwe an ihnen vorüberzog, sahen die Menschen auf und verneigten sich tief vor Tze Hsi und den Adligen. In manchen Augen konnte Dilara Furcht erkennen, und sie mußte wieder daran denken, welche Willkür der Kaiserinwitwe nachgesagt wurde.

Diese ruhte auf einer Art Sänfte, die mit schweren, ledernen Riemen auf den Rücken eines der vier Elefanten geschnallt war, deren furchige Haut man blutrot gefärbt hatte. Obschon ihre im Vergleich zum massigen Körper winzigen Augen gutmütig blickten, wirkten sie doch furchteinflößend mit ihren weißen Stoßzähnen. Die Sänfte, mit einem schwarzen Baldachin versehen, auf dessen Dach sich streitlustig ein weißer

Drache wand, schwankte mit jedem Schritt bedrohlich, doch Tze Hsi schien sich darin vollkommen sicher zu fühlen. Sie thronte über allen anderen – majestätisch und unberührbar.

Während auf zwei Elefanten die Kriegsherren der kaiserlichen Garde mit jeweils einem Speerwerfer ritten, befand sich auf dem letzten Tier eine Sänfte, von der Dilara glaubte, sie sei leer. Doch als sie genauer hinsah, erkannte sie, daß darin mehrere Dutzend schwarze Katzen lagen, die wahrscheinlich die Schoßtiere der Kaiserinwitwe waren.

Den mächtigen Dickhäutern voraus eilten Fahnenträger, die die Flaggen des Kaiserreiches an langen Standarten vor sich her trugen, und Männer mit langen, gewundenen Hörnern, denen sie von Zeit zu Zeit klagende Töne entlockten, die das Nahen des Zuges ankündigten.

Es folgten die Fußtruppen schwer gepanzerter, wenn auch veraltet bewaffneter Krieger. Dilara vermutete, daß diese Männer ihre Waffen gar nicht benötigten und sie eher als Zierde trugen, da es sich bei ihnen ebenfalls um Untote handelte.

Tai Xian und Dilara ritten hintereinander, begleitet von jeweils einem Schirmträger, der dafür Sorge trug, daß sie nicht zu starker Sonnenstrahlung ausgesetzt wurden. Als Ehrengäste folgten sie den Reitelefanten der Kaiserinwitwe in relativ geringem Abstand, selbst wieder gefolgt von Adligen aus verschiedenen, zum Teil weit abgelegenen Regionen des Reiches in ihrer jeweiligen Tracht.

Es wurde nicht viel gesprochen. Alleine die Anwesenheit Tze Hsis schuf eine bedrückende Atmosphäre. So zogen sie unter tiefhängenden Wolken über das Land, bis sie in der Ferne ein Bauwerk ausmachten, das so gewaltig war, daß man glaubte, es könne unmöglich von Menschenhand errichtet worden sein. Es war die große Chinesische Mauer, die das Land im Norden begrenzte.

Rasch kamen sie ihr näher und gelangten bald am Fuß der rund zehn Meter hohen Konstruktion an.

Die Kaiserinwitwe ließ den Befehl zum Anhalten geben, damit sich Mensch und Tier ausruhten.

Dilara suchte mit Tai Xian den Schatten der Mauer auf, wo sie die Pferde anbanden und über eine baufällige Treppe auf einen der Signaltürme stiegen, die die Mauer im Abstand von mehreren hundert Metern unterbrachen. Der Ausblick von hier oben war unbeschreiblich. Von dort, woher sie gekommen waren, erstreckten sich liebliche Täler und Felder, so weit das Auge reichte. Auf der anderen Seite sahen sie eine von Felsen unterbrochene Steppe mit vereinzelt dornigem Gestrüppen. Irgendwo dort draußen begann das Gebiet der Mongolei.

„Die Lange Mauer", sagte Tai Xian mit hörbarem Stolz in der Stimme. „In unserer Sprache heißt sie *die 10.000 Li lange Mauer*, was aussagt, daß sie unendlich ist. Tatsächlich beträgt ihre Länge jedoch etwas mehr als sechstausend Kilometer…"

„Ziemlich lang", entgegnete Dilara. Sie war beeindruckt. In ihrem Leben hatte sie eine Menge Wunder erblickt, doch dieses übertraf viele. „Wie alt ist sie?"

„Oh, es gab vor ihr wohl kleinere Wälle, die sich jedoch nicht über die gesamte Länge erstreckten. Ihre jetzige Ausdehnung erhielt sie unter dem Kaiser Hongzhi im fünfzehnten Jahrhundert."

Die Vorstellung, daß die Mauer beinahe zweihundert Jahre älter als sie selbst war, faszinierte Dilara. Sie fragte sich, wie alt wohl Tai Xian sein mochte, wagte es jedoch nicht, den Zauber dieses Augenblickes zu zerstören.

Nach etwa einer halben Stunde riefen die Hörner zum Sammeln des Zuges, der sich fortan im Schatten der Mauer bewegte, die über die Hügelkämme verlief wie der Rückenkamm eines Drachen. Bald jedoch wandten sie sich wieder nach Süden und verloren die Mauer aus ihrem Blickfeld, als sie einem Pfad folgten, der ebenso alt wie geheim war. Die Gegend war menschenleer. Das Land gab nichts her, wovon es sich hätte leben lassen. Nur wenige Pflanzen widerstanden der Trockenheit, und das Geröll unter ihren Füßen war sonnenverbrannt und vom Wind geschliffen.

Am frühen Nachmittag veränderte sich die Vegetation allmählich, und sie erreichten einen Kiefernwald mit hohen, alten Bäumen. Der Boden war knöchelhoch mit herabgefallenen Nadeln bedeckt. Selbst die schweren Tritte der Elefanten wurden gedämpft. Niemand wagte zu reden, denn keiner wollte den Frieden dieses Ortes stören, der den Geist von etwas längst Vergangenem atmete.

Dessen Präsenz war so mächtig, daß sich Dilara beobachtet fühlte. Und tatsächlich stierte sie aus einem Dornengebüsch ein lebloses Augenpaar an. Es war jedoch nur das Haupt einer geborstenen Statue, körperlos, die Lippen zu einem spöttischen Lächeln verzogen.

Plötzlich tauchten vor ihnen aus dem Zwielicht beiderseits des Weges zwei an die zwanzig Meter hoch aufragende, graue Löwenstatuen auf. Obwohl eine von ihnen stark beschädigt war, besaßen sie eine so intensive Ausstrahlung von Macht, daß der Zug unwillkürlich ins Stocken geriet. Jenseits des Wächterpaares konnte Dilara die Ruinen einer untergegangenen Hochkultur erkennen. Auf Spuren zyklopischen Mauerwerks unter Farn tanzten helle Lichtflecke. Ein leiser Wind ließ die Baumkronen über ihnen rauschen.

Die Ausdehnung der ursprünglichen Anlage konnte man nur noch erahnen.

Von jenseits der Statuen näherte sich Hufgetrappel. Die Kundschafter, die ihnen vorauseilten, kehrten zurück und machten eine Meldung, die wohl besagte, daß keine Gefahr bestand. Daraufhin setzte sich der Zug wieder in Bewegung. Die fortgeschrittene Tageszeit und das Verhalten der Menschen ließen darauf schließen, daß sie sich kurz vor dem Ziel ihrer Reise befanden.

Die Elefanten wirkten nervös, als sie zwischen den Statuen hindurchschritten, doch ihre Treiber hatten sie unter Kontrolle.

Auch Dilara durchlief ein Schaudern, als sie diesen Punkt passierte. Sie bemerkte, daß die Ruinen enger zusammenrückten und hinter ihnen mächtige Felsen emporwuchsen.

Sie ritten in eine sich verengende Schlucht hinein und kamen bald nicht mehr weiter. Auf einem halbrunden Platz, der offenbar zu genau diesem Zweck angelegt worden war, sammelte sich der Troß.

Sie sahen sich einem schmalen Felsspalt gegenüber, einem Nadelöhr, durch das mit Mühe ein berittener Reiter hindurchgepaßt hätte.

Ihre Diener hoben Tze Hsi von ihrem Elefanten herab. Das Tier ertrug die Prozedur mit bemerkenswerter Geduld.

Die Kaiserinwitwe wurde in ihrer Sänfte von zwei Trägern durch den Felsspalt getragen, gefolgt von acht Kriegern in schwerem Schuppenpanzer. Ein ranghoher Gardist verlas von einer Rolle aus Seidenpapier die Namen derjenigen, die dazu auserwählt waren, sie zu begleiten. Als Tai Xian und Dilara genannt wurden, trat der Statthalter Antediluvians vor. Dilara folgte ihm dichtauf.

Jenseits des Durchlasses erwartete sie ein atemberaubender Anblick. Gemurmelte Worte des Erstaunens von denen, die vor ihnen gingen, zeigten, daß sie nicht die einzige war, die dieses Wunder zum ersten Mal sah.

Vor ihnen öffnete sich ein Talkessel von außergewöhnlichen Ausmaßen, der Aufmarschplatz einer unsterblichen Armee war. Einer Armee tönerner Krieger, die so lebensecht gearbeitet waren, daß man gar nicht anders konnte, als zu glauben, daß man lebendigen Menschen gegenüberstand, oder wenigstens versteinerten. Denn jeder Krieger hatte sein eigenes, individuelles Gesicht. Der Zahn der Zeit hatte auch an ihnen Spuren hinterlassen, doch in diesem Talrund waren sie vor Witterungseinflüssen weitgehend geschützt gewesen.

Tai Xian kannte all das von der Verbannung Huan Mings. Dilara riß sich von dem Anblick los und bemühte sich, mit dem Chinesen Schritt zu halten.

Die Kaiserinwitwe wurde gerade durch eine Öffnung in der Felswand am Ende der Schlucht getragen, die wie ausgeschnitten aussah.

Dilara fühlte die Schwingungen starker Magie, die hier vor Jahrhunderten gewirkt hatte und immer noch wirkte. Auch sie und ihr Begleiter hatten nun den Tunnel erreicht, der leicht abwärts in den Berg hinein führte. Er war so geräumig, daß er problemlos die Sänfte mit Tze Hsi aufnehmen konnte.

Je weiter sie vordrangen, desto unruhiger wurde Tai Xian. Seine Lippen waren zu einem schmalen Strich zusammengepreßt. Er sah blaß aus und hatte die Hände zu Fäusten zusammengekrampft.

Sie hatten das Ende des Tunnels erreicht, der in eine Halle von enormen Ausmaßen mündete. Sie besaß keinen weiteren Ein- oder Ausgang. Die Begleiter der Kaiserinwitwe hatten sich in einem weiten Halbkreis um ein Gebilde versammelt, das sich im hinteren Drittel der Halle befand. Dilara wußte, ohne daß ihr Begleiter sie darauf aufmerksam machte, daß es sich dabei um das Seelentor handelte.

Sie fand, daß es eher unscheinbar aussah. Und gar nicht gefährlich. Dennoch fühlte sie die magische Kraft hier am stärksten. Eine Kraft, die die Luft mit elektrischer Spannung erfüllte. Das Tor schien noch älter als der Rest der Anlage zu sein. Es handelte sich um einen einfachen, etwa drei Meter hohen Bogen aus hellem Stein, in den Symbole und abstrakte Figuren eingemeißelt waren. Manche ließen sich mit etwas Phantasie als Spiralen, Hände, Münder oder Augen erkennen. Am beeindruckendsten aber war die Schwärze, die den Torbogen ausfüllte. Eine lebendige Schwärze, die zu wogen und zu pulsieren schien. Dilara konnte nicht den Blick davon abwenden.

Als alle in der Halle angelangt waren, erhob Tze Hsi ihre Stimme. Dilara hörte sie zum ersten Mal sprechen. Ihre Stimme war tief und knarzig. Als ob sie sie seit langer Zeit nicht mehr benutzt hätte und erst wieder mühsam lernen müsse, sie zu gebrauchen.

Die Versammelten lauschten gebannt den Worten der Kaiserinwitwe, die Dilara zu gerne verstanden hätte.

Als sie geendet hatte, herrschte einige Momente Stille. Dann drangen Geräusche an die Ohren der Versammelten. Noch jemand kam durch den Tunnel – wurde gebracht. Denn er ging diesen Weg keineswegs freiwillig.

Tai Xian hatte gegenüber Dilara die Befürchtung geäußert, daß sie Zeuge einer Bestrafung werden sollten, und das war wohl auch der Grund für seine Nervosität gewesen. Sie hätte wetten mögen, daß er die Einladung zu dieser Zeremonie abgelehnt hätte, wäre das nicht einer Beleidigung der Kaiserinwitwe gleichgekommen.

Ein Vampir wurde von vier Gardisten herbeigeführt. Er war ein hageres, ausgehungertes Wesen mit langem, strähnigem Haar. Man konnte ihm ansehen, daß er gequält worden war und lange Zeit unter schlimmen Bedingungen hatte dahinvegetieren müssen. Dilara wußte natürlich nicht, welches Vergehen ihm zur Last gelegt wurde, doch beim Anblick der geschundenen Kreatur empfand sie Zorn.

WER DIE WAHRHEIT SUCHT...

Der Verurteilte wehrte sich mit verzweifelter Kraft, als er die Blicke der Umstehenden auf sich ruhen sah und zum Tor geschleift wurde. Er versuchte, seine Bewacher zu beißen, schien sich auch verwandeln zu wollen, denn seine Umrisse verwischten sich von Zeit zu Zeit auf äußerst eigenartige Weise, doch etwas hielt ihn davon ab.

Dilara führte es auf die roten Papierbänder zurück, mit denen er gefesselt war, und auf denen sich chinesische Schriftzeichen erkennen ließen. Sie begriff, daß diese nicht nur symbolischen Charakter besaßen, sondern ihnen eine uralte chinesische Magie innewohnte. Vermutlich die Magie der Zauberpriester, die Tai Xian als Fangshi bezeichnet hatte.

Wieder sprach Tze Hsi mit einer emotionslosen Modulation, die den Zuhörern Schauer über den Rücken jagten. Alle hielten den Atem an und lauschten den schnarrenden Lauten und stakkatoartigen Silben der Kaiserinwitwe. Selbst der Gefesselte gab seinen Widerstand für diesen Moment auf. Obschon Dilara nicht verstand, was die Kaiserinwitwe sagte, erzeugte ihre Rede in ihr ein ungutes Gefühl. Ohne es zu wollen, ergriff sie die Hand Tai Xians, der neben ihr stand. Er quittierte ihre Geste mit einem erstaunten Blick, ließ es jedoch zu.

Tze Hsi verstummte, doch die Wirkung ihrer Worte hielt an. Noch immer hielten vier Männer den Verurteilten, der sich nun wieder aufbäumte, ihnen ins Gesicht spie und sich in seinen Fesseln wand. Diese fielen plötzlich ab, doch nur, weil einer der Wächter sie mit einem raschen Schnitt eines silbernen Messers durchtrennt hatte. Der Befreite stieß einen schrillen Triumphschrei aus, dessen Tonlage sich jedoch änderte, als sie ihn ergriffen und durch das Tor in die wabernde Schwärze stießen. Dann brach der Schrei ab. Und Dilara traute ihren Augen nicht.

Der Mann war weg.

Verschwunden, als hätte er nie existiert.

Die Versammelten brachen angesichts der Bestrafung ihres Artgenossen nicht in begeisterten Jubel aus, sondern schwiegen betreten. Ein Schweigen, das auch noch anhielt, als sie zum Tunneleingang zurückkehrten und dem Weg folgten, auf dem sie gekommen waren.

*London, September 2006, in den Katakomben der St. Paul's Cathedral*

*Das gleißende Licht bewegte sich auf ihn zu, erfaßte ihn, hüllte ihn ein und erfüllte ihn mit innerer Wärme. Es verwandelte ihn in eine helle, „höhere" Wesenheit. Doch die Energiequelle, die ihn durchflutete und förmlich emporhob, wurde nicht von dem Schattenkelch abgegeben. Sie kam von einer undefinierbaren, nicht faß- und sichtbaren Größe.*

*Der Wächter fühlte sich seltsam befreit und gestaltlos, als habe er alle Last und seine Vergangenheit abgestreift. Heiterkeit erfüllte ihn und ein nie gekanntes Glücksgefühl. Er erhob sich in sanften Schlenkern in die Höhe. Weiter und weiter. Wie ein sanfter Flug in die Wolken.*

*Er spürte ein Gefühl der Erlösung von seiner Urschuld.*

*Urschuld?*

*Ein Schatten legte sich über ihn, als habe der letzte Gedanke des Wächters das Licht verscheucht. Mit dunklen Schwingen breitete sich Düsternis über ihm aus und dämpfte das Licht vollends, das den Wächter erwärmte. Er wollte das nicht, wehrte sich dagegen, weil er nicht wieder diese Kälte in sich spüren wollte.*

WER DIE WAHRHEIT SUCHT...

*Weg, dachte er, geh weg, du Höllenwesen, und eine böse Stimme in ihm sagte zynisch: „Du bist doch selbst eines! Eine Ausgeburt der Hölle! Und du wirst dieser nicht entgehen!"*
*„Nein!" schrie der Wächter. „Das bin ich nicht! Und ich werde ihr entgehen!"*
*Ein häßliches Lachen erklang.*
*Der Ton war dem Wächter wohlvertraut.*
*Diese Stimme... dieses Lachen – stammte von Luna Sangue!*

Guardian wachte schweißgebadet auf und blieb benommen liegen. Er fragte sich gerade, was der Traum zu bedeuten hatte, der ihn nun seit Nächten heimsuchte, als Semjasa mit besorgtem Gesichtsausdruck in die Kammer stürmte.

„Du hast geschrien, Wächter! Was ist geschehen?"

Guardian konnte sich ein stilles Lächeln nicht verkneifen, als er seinen jungen Vertrauten in einem bodenlangen Nachthemd neben seinem Bett stehen sah. „Ich habe geschrien?" fragte er.

Semjasa nickte heftig und blickte den Wächter mitfühlend an. „Hat dich wieder der Traum heimgesucht?"

Guardian nickte.

„Kann ich etwas für dich tun?" wollte Semjasa noch wissen.

„Nein, danke, Semjasa, leg dich wieder nieder. Es ist alles in Ordnung!" beruhigte ihn Guardian, wohlwissend, daß *nichts* in Ordnung war!

*Shanghai, September 2006, Jin Mao Tower*

Sie verließen den Hochgeschwindigkeitsaufzug wieder, und Calvin verspürte ein leichtes Zittern in den Beinen. Nicht, daß ihm das Tempo zu schaffen machte, aber sich dabei in einem Lift zu befinden war für ihn ungewohnt. Hinzu kam das sonderbare Gefühl in ihm, das sich nicht mit der natürlichen Erregung, in Aussicht auf das, was sie vorhatten, begründen ließ. Zu dem leisen Vibrieren, das Dilara ihm sandte, war noch ein weiteres hinzugekommen. Keine Schwingung, keine telepatische Verbindung, aber dennoch das Gefühl, ein eng verwandtes Wesen in seiner Nähe zu haben.

Calvin blickte aus der schwindelnden Höhe des offenen runden Stockwerke-Tunnels nach unten in die Lobby. Das ist nichts für Zartbesaitete mit Höhenangst, durchzuckte es ihn.

Mick blickte sich unschlüssig um. „Was hat in den Unterlagen gestanden? Wo soll einer der Aufenthaltsorte des Drachen sein?"

„Auf der höchsten Höhe, nahe dem Reich der Wolken!" zitierte Suemi.

„Hm", murmelte Calvin, wie immer, wenn er nachdachte.

Suemi sprach in seine Gedanken hinein. „Nun steht ihr inmitten der Goldenen Blüte, wie dieser Turm genannt wird... der..."

„Goldene Blüte... soso... sinnbildlich für den schnöden Mammon, der hier betrieben wird?" fragte Mick respektlos. „Schließlich soll die Acht ja Reichtum bringen, nicht wahr? Achtundachtzig Stockwerke... das wäre dann sozusagen doppelter Reichtum." Sein Blick bekam etwas Sezierendes. „Und dieser Khan muß schon ganz nette Reichtümer besitzen, um solch ein Machtnetz zu spinnen und seine Jünger bis nach London zu schicken. Und wer weiß wohin sonst noch."

„Jünger?" fragte Suemi verhalten, sie schien nicht bei der Sache zu sein.

Mick war wieder ganz der Cop. „Deine Frage erstaunt mich. Wir beide wissen doch, daß er der große Unbekannte ist, der hinter dem Bund der Drachen in London steht, der lustig vor sich hinmordet, geführt von seinem Handlanger Kylin Wai Tan."

Suemi verhielt sich immer noch merklich zurückhaltend. Irgend etwas schien ihr nicht zu gefallen.

„Ist was?" wollte Calvin genervt wissen.

Sie blickte ihn ruhig an und schenkte ihm dann ein warmes Lächeln. „Ich dachte gerade an Dilara, und wie du dich fühlen mußt." Sie legte ihre kleine Hand auf seinen Arm. „Wir werden alles daransetzen, sie zu finden!" sagte sie bestimmt.

Ihr Lächeln fegte Scham in Calvin, daß er ihr mißtraut hatte. Immerhin wären sie auch ohne ihre Informationen nicht hier. In Dilaras Nähe, wie er spürte.

Suemi gab den beiden Männern ein Zeichen. „Los, kommt, wir sehen uns mal etwas um!"

„Es bringt kaum etwas, unmotiviert herumzulaufen."

„Werden wir auch nicht!" erwiderte sie. „Ich habe auch meine Hausaufgaben gemacht."

„Das hoffe ich!"

Sie schenkte ihm einen mißtrauischen Blick. „Das mußt du gerade sagen, Mick!!"

„Was heißt das?"

„Na, ich finde es schon suspekt, wie schnell du herausgefunden hast, daß sich der Drache hier in dem Tower befinden soll. Woher hast du diese Erkenntnis? Wer ist dein Informant?"

Der Cop reagierte nicht.

Dafür Calvin. „Für solche Diskussionen haben wir jetzt keine Zeit!" schnauzte er die beiden an. „Mir reicht es allmählich. Dilara ist in Gefahr und ihr..."

„Schon gut, schon gut, du hast ja recht!" Mick hob beschwörend die Hände. „Ich weiß es halt, daß er sich hier aufhalten soll. Sowohl meinem Informanten, als auch dem Hinweis aus den Unterlagen entnehme ich, daß er in den oberen Etagen des Jin Mao Towers ist!"

„Also muß sich Khan in der oberen Etage des Grand Hyatt Shanghai befinden. Worauf wartet ihr noch?"

Ohne auf Mick und Suemi zu warten, stürmte Calvin los.

Mick und Suemi fanden Calvin auf der Aussichtsplattform auf der 88. Etage des Towers wieder. Stumm blickten die drei auf das beeindruckende Stadtbild Shanghais. Besonders die Wolkenkratzer bestimmten es überdeutlich.

„Ich glaube, wir haben den Hinweis *nahe den Wolken* nicht korrekt ausgelegt. Das ist hier die 88. Etage... demzufolge müßte hier..." Calvin blickte sich um und zuckte zusammen. Die Schwingungen in ihm waren heftiger geworden, seit er auf der Plattform stand.

Dilara!

„Aber der Drache hat eines unterschätzt. Dilaras und meine Verbindung. Sie ist hier... hier ganz in der Nähe."

Suemis Gesichtsausdruck wurde rätselhaft.

„Nicht im Hotel?" fragte Mick.

Calvin zögerte. „Ich weiß nicht so recht..."

„Dann schlage ich vor, daß wir uns aufteilen." Suemi blickte Mick an. „Was meinst du?"

Der Voodoovampir-Cop zögerte. „Ich weiß nicht."

„Sonst sind wir zu aufsehenerregend, wenn wir zu dritt auftauchen", sagte die junge Chinesin. „Ihr beide seid nicht gerade unauffällig." Sie hakte sich bei Mick ein und blickte ihn kokett an. „Wir könnten das frisch verliebte Paar abgeben – das ist doch endlich einmal ein Auftrag, der mir gefällt, so schnuckelig wie du aussiehst – und erst einmal in der Bar einen Drink nehmen, dabei die Gegend sondieren." Ihr Blick wanderte zu Calvin. „Während du deinem Instinkt folgst. Keiner von uns unternimmt jedoch etwas im Alleingang. Wir treffen uns erst wieder in der Bar des Hotels." Sie blickte auf ihre zierliche Armbanduhr. „Sagen wir, in einer Stunde!"

„Hm." Calvin dachte über den Vorschlag nach, wog das Für und Wider ab.

Mick nahm ihm die Entscheidung ab. „Die Idee hat was. So machen wir es." Er grinste Suemi an. „Komm, mein Täubchen, wir genehmigen uns den Drink und geben die Wildverliebten!" Zu Calvin sagte er: „Und du, versuche in dich zu gehen und herauszufinden, wohin dich deine innere Verbindung zu Dilara führt. Dann sind wir auf dem rechten Weg." Ernster endete er: „Aber keine Extratouren, wenn ich bitten darf!"

Bevor Calvins empörtes „Pah!" verklungen war, waren Mick und Suemi verschwunden.

Calvin blieb alleine auf der Plattform zurück und sah sich um. Was ihn ruhig stimmte, war die Tatsache, daß ihm die Signale von Dilara deutlich zeigten, daß es seiner Gefährtin gut ging. Längst war auch klar, daß sie von dem Drachen als Lockmittel benutzt wurde; was Calvin aber immer noch nicht einleuchtete, war, was *genau* der Unbekannte vorhatte.

Das verunsicherte ihn.

Drei der Fünf hätte er, wenn Mick und ich auch in seine Fänge geraten, grübelte er vor sich hin.

Dann fehlen nur noch Guardian und Luna.

Will er etwa den Schattenkelch und den Bund der Fünf an sich bringen?

Doch zu welchem Zweck?

Dank Micks Recherchen und Suemis Unterlagen war schnell ersichtlich gewesen, daß der Drache ein Sterblicher und somit keiner ihrer Art war.

Calvin brachte den Gedanken nicht zu Ende, weil die Schwingungen in ihm besonders heftig wurden. Er versuchte, sich darauf zu konzentrieren, lief instinktiv aus dem öffentlichen Bereich der Plattform heraus und blieb vor einer unscheinbaren Tür stehen.

Der langhaarige Vampir drückte die Klinke. Die Tür war verschlossen.

Wieder vibrierte es heftig in ihm.

Er stöhnte und rüttelte an der Tür – ohne Erfolg. „Das wäre ja auch zu schön, um wahr zu sein", entfuhr es dem langhaarigen Vampir mißmutig, der plötzlich das Gefühl hatte, nicht mehr alleine zu sein.

Der Drache saß entspannt in seiner Suite und blickte von dem Platz hinter seinem Schreibtisch durch das Panoramafenster – Shanghai lag unter ihm. Er liebte diese Stadt. Hatte sie als Kind schon geliebt.

Sein Haß auf die Kreaturen der Nacht war noch größer geworden, als er nicht nur seine Familie durch sie verlor, sondern auch seine heimischen Wurzeln. Ein Geschäftspartner seines Vaters brachte aus Mitleid den kleinen Khan nach London und nahm den Waisenjungen in seine Familie auf.

Der Drache verspürte Dankbarkeit diesem Mann gegenüber,

den er aber nie in sein Innerstes gelassen hatte, das versteinert war. Auch später, als Khan heranwuchs, bröckelte diese Seelenmauer nicht. So war er auch nicht fähig, eine normale Beziehung zu führen. Nähe bereitete ihm Unbehagen, anfangs aus Verlustängsten, weil er nie wieder Menschen verlieren wollte, die ihm etwas bedeuteten. Später hatte er sich immer mehr daran gewöhnt, alleine zu sein, einen Schutzwall um sich zu bilden und den Beobachterposten innezuhaben.

Er war der Regisseur und die anderen die Statisten.

Nur in dieser Position fühlte er sich wohl – und vor allem sicher!

Dabei sehnte auch er sich nach einem Wesen an seiner Seite, dem er vertrauen konnte, und mit dem er eine Einheit bildete, so wie er es als kleiner Junge bei seinen Eltern erlebt hatte. Noch immer hatte er in stillen Momenten das Bild seines Vaters vor sich, wie dieser seine Frau umarmte, sie sich mit großer Innigkeit ansahen – ein Bild des Glücks und der Harmonie.

Bis... bis die Unsterblichen kamen und diesen Gleichklang zerstörten.

Der Drache umklammerte das Glas, das er in der Hand hielt, immer fester. So lange, bis es mit einem klirrenden Geräusch nachgab und sich einzelne Splitter in die Handballen bohrten. Das nahm er in dem blutigen Schleier, der sich in seinem Kopf ausbreitete, nicht wahr.

Eine Weile saß er da, den Kopf an die hohe Lehne seines Sessels gelehnt, das zerborstene Glas in der Hand, aus der langsam Blut tröpfelte.

Er dachte über seine neue Gefangene nach. Ruth Vale, die Mutter eines seiner größten Feinde, die ihm aber durch ihren bedauernswerten Zustand und die Tatsache, daß sie schuldlos in diese Situation geraten war – denn sie war ein guter Mensch, dafür hatte der Drache ein Gespür – beinahe Mitleid abnötigte.

Aber Einzelschicksale zählten nicht.

Und sie war nun mal der Haupttrumpf.

Es war die zusätzliche Fessel, die er Calvin Percy Vale anlegen würde, um ihm und Dilara höchstmögliche Seelenqualen zu bereiten!

Calvin spürte eine Bewegung hinter sich und fuhr mit einem Zischen herum. Sein angespannter Körper war zur Verteidigung bereit.

Doch es war Suemi, die vor ihm stand, und Calvins Gesichtszüge und Muskeln entspannten sich wieder.

„Da bist du ja!" wisperte Suemi aufgeregt. „Wir haben etwas entdeckt. Komm schnell!" Sie ergriff Calvins Hand und zog den Widerstrebenden mit sich.

„*Wo* habt ihr etwas entdeckt? Und wo ist Mick? In der Bar? Wir wollten uns doch dort wieder treffen."

„Pssst! Sei still und diskutiere jetzt nicht mit mir, sondern komm endlich!" Sie zerrte ihn weiter hinter sich her. Zurück in die 87. Etage. Calvin wollte protestieren, da strebte sie auch schon in einen langen Gang und an dessen Ende auf eine Suite mit einer großen Doppeltür zu. Was Calvin stutzig machte war die Tatsache, daß sie mutterseelenallein auf dem Korridor waren. Und das in einem Hotel dieser Größenordnung. So, als wäre die obere Etage nur an eine Person vermietet, die sich absolute Ruhe erbeten und sich hermetisch abgeriegelt habe.

Nahe den Wolken, dachte Calvin, als ihn Suemi in einen Raum zog, diese Tür so selbstverständlich öffnete, wie man ein öffentliches Restaurant betrat.

„Hey, warte, was sollen wir hier? Ich..." Sein Instinkt warnte

ihn nachhaltig, aber die Schwingungen, die Dilara ihm sandte, wurden wieder reger, so, als bewege er sich auf das Versteck seiner Gefährtin zu.

„Pssst!" zischte Suemi erneut und blitzte Calvin wütend an, blickte sich dann hektisch um. Als sie sicher war, daß niemand auf dem Gang war, öffnete sie eine weitere Tür der Suite, schlüpfte hinein und bugsierte ihn ebenfalls in den luxuriösen Wohnraum, der in düsteres Licht getaucht war, und an den vier weitere grenzten.

Calvins Blick hing wie gebannt an dem beinahe lebensgroßen Ölgemälde eines Mannes mit stechenden Augen, schräg nach oben zulaufenden Brauen, einer hochgewachsenen, hageren Gestalt, in einen schlichten, eleganten Anzug gekleidet. Die Haltung, der Blick und die Aura des Mannes drückten Stolz und Macht aus. Über ihm schwebte ein schuppenbeleibtes Wesen mit zackigen Schwingen.

Calvin fuchtelte mit der rechten Hand durch die Luft. „Ist das... ist das der...?"

„Ganz recht, das ist der Drache!" Suemis Stimme strotzte vor Stolz, so wie in dem Moment, als sie den Jin Mao Tower betrachteten. Doch dieses Mal war da noch ein anderer Unterton, den er nicht einordnen konnte.

Er starrte die Chinesin an. In ihrem Gesicht war nun etwas, das ihn störte und nichts mit der jungen Frau gemein hatte, die an dem ersten Tag im Speisesaal ihres Hotels aufgetaucht war. Doch der Eindruck war so kurz, daß er sich fragte, ob ihn seine überreizten Nerven getäuscht hatten.

Calvin wollte erneut fragen, was sie in der Suite sollten und wo Mick sei, als er hinter sich einen leichten Luftzug verspürte.

Dann knallte ein harter Gegenstand auf seinen Hinterkopf und löschte sein Bewußtsein aus.

„Wo ist Calvin? Hast du ihn nicht gefunden?" fragte Mick unwirsch.

Die junge Chinesin war, wie verabredet, wieder in dem dunklen Gang, der an den grenzte, auf dem sie die Suiten des Drachen vermuteten, aufgetaucht.

Ohne Calvin.

„Er ist verschwunden und war weder in der Bar, wie besprochen, noch auf der Aufsichtsplattform." Sie wirkte plötzlich feindselig.

Der Voodoovampir-Cop nahm das jedoch nur in einer Sekundensequenz wahr, zu groß war seine Sorge um den langhaarigen Vampir, zu dem er eine innere Verbindung verspürte. „Er ist weg?"

„Ja!" Der warme Ton in ihrer Stimme war verschwunden.

Mick ordnete auch das seiner angespannten Stimmung zu. Immerhin hatte sich die zierliche Chinesin bisher als sehr kooperativ und hilfreich erwiesen. „Dieser verfluchte Sturschädel, ich habe ihn doch davor gewarnt, einen Alleingang zu starten. Muß er denn immer losrennen wie ein wildgewordener Stier." Mick stockte und dachte fieberhaft nach. „Oder... oder er wurde entführt! Ebenso wie Dilara!"

„Schöne Scheiße!" sagte Suemi kein bißchen ladylike und für sie untypisch.

Er musterte sie. „Das kannst du wohl laut sagen!" entfuhr es ihm. Allmählich konnte er seine Wut auf den Drachen – er weigerte sich, ihn beim Namen zu nennen – kaum noch bezähmen. Das Alte, Dunkle stieg in ihm empor, mindestens ein wesentlicher Teil. Mick warf den Kopf in den Nacken und stieß einen schrillen, kämpferischen Schrei aus. Als wolle er

WER DIE WAHRHEIT SUCHT...

dem Drachen damit signalisieren, daß es an der Zeit war, sich gegenüberzutreten.

Suemi zuckte bei dem unheimlichen Laut zusammen und trat ängstlich einige Schritte von ihm weg. Als er sich nun zu ihr umwandte, war sie es, die leise aufschrie.

In seinen leuchtend bronzefarbenen Augen bewegte sich eine Schlange, die in der Iris züngelnd ihren Leib aufrichtete.

*Peking, November 1908*

Die Rückreise nach Peking erschien Dilara kürzer als der Hinweg, sei es, weil sie ihn nun kannte, sei es wegen der Gedanken, die sie beschäftigten. Gerne hätte sie mit Tai Xian darüber gesprochen, doch der zeigte sich noch verschlossener als zuvor, selbst als sie die von zehntausend Lichtern beleuchtete Hauptstadt erreichten.

Erst als sie sich aus dem Zug gelöst hatten und am Gästehaus anlangten, sagte er: „Morgen abend findet das Mondfest statt, zu dem ich Euch einladen möchte. Es wird Euer letzter Tag in Peking sein. Übermorgen früh geht Euer Schiff zurück nach England."

„So bald schon?" Dilara war erstaunt. Sicherlich, ihre diplomatische Mission war beendet. Trotzdem hatte sie damit gerechnet, noch einige Tage in Peking zu bleiben. „Was werdet Ihr tun?"

„Mein Schiff wird zur Zeit beladen. Wir nehmen Ware auf, die in einer Woche in Shanghai erwartet wird. Meine Aufgabe ist erledigt. Hoffentlich zur Zufriedenheit unseres Herrn."

„Wißt Ihr mehr als ich? Wir haben mit seinem Geschenk seine Verbundenheit zum Kaiserhaus sichtlich gefestigt."

„Das ist richtig." Tai Xian lächelte geheimnisvoll. „Ihr kennt Antediluvian wahrscheinlich besser als ich. Doch sagt mir: Hat er jemals etwas vordergründig Gefälliges ohne einen Hintergedanken getan? Ging es ihm wirklich nur darum, sich die Gunst der Kaiserin zu sichern?"

Tai Xian löste am nächsten Tag sein Versprechen ein, ihr die Stadt zu zeigen, und beschränkte sich nicht auf die Sehenswürdigkeiten, die man als Besucher zwangsläufig vorgesetzt bekam. Den Kaiserpalast hatte Dilara bereits kennengelernt. Nun erhielt sie die Gelegenheit, die Wunder des Himmeltempels zu bestaunen, in dem die Geistertafeln des Himmels, des Wetters und der Sterne aufbewahrt wurden. Sie sah das Tempelkloster von Yonghe Gong und den Beihai-Park mit der weißen Pagode und dem Fünfdrachenpavillon.

Als Kontrast zu diesen beeindruckenden Orten zeigte er ihr jedoch auch die Stadt der Menschen, von denen, das mußte sie sich immer wieder vergegenwärtigen, jeder eine eigene Geschichte, Hoffnungen und Ängste hatte.

Sie sog all die Eindrücke in sich auf und genoß es, sich von Tai Xian in einem Restaurant mit Blick auf den Taoranting-Park so exotische Gerichte wie Gulaorou und Jiaohuaziji erklären zu lassen. Sie mußte gestehen, daß sie sich in der Gesellschaft des Chinesen wohlfühlte. Sie hatte selten einen kultivierteren Gastgeber kennengelernt.

Der Tag verging im Fluge, und als es zu dämmern begann, blieb ihnen gerade noch genügend Zeit, in eine festlichere Kleidung zu wechseln.

*Shanghai, September 2006*

Dilara sprang elektrisiert auf.
Ihr Gefühl signalisierte ihr, daß Calvin im Nebenraum war. Es deutete ihr aber auch, daß er nicht bei Bewußtsein war.

Diese Schweine, dachte sie und stieß einen schrillen Wutschrei aus, der die gut isolierten Wände des Raumes nicht verließ, aber von der Überwachungsanlage des Drachen aufgenommen wurde.

Dieser lächelte genüßlich. Ja, durchzog es ihn, schrei, brüll deine Wut und deinen Schmerz heraus! Das ist erst der Anfang. Er rieb sich die Hände. Nun war es endlich soweit. Er konnte den entscheidenden Zug machen.

Der Drache erhob sich und betrat einen der drei schalldichten Räume, die an seine Luxussuite grenzten. An dem verdunkelten Fenster des Zimmers stand eine schlanke, langhaarige Gestalt, deren Augen das einzig Lebendige schienen und ihn wütend anfunkelten.

Mit einer geschmeidigen Bewegung zog der Drache die Maske vom Gesicht, das dem auf dem Portrait, das Calvin gesehen hatte, wie ein Ei dem anderen glich, und blieb einige Sekunden ruhig stehen. Er gab so seinem Gegenüber die Gelegenheit, ihn zu begutachten.

Dann vollführte er eine einladende Geste, aus dem Zimmer heraus in die Richtung des Wohnraumes. „Folge mir, Calvin Percy Vale! Ich halte einige Überraschungen für dich bereit!" Er lachte überheblich und kalt. „Und ich kann dir jetzt schon versichern: Sie werden dir nicht gefallen!"

**ANDERE ERKENNEN IST WEISE.
SICH SELBST ERKENNEN
IST ERLEUCHTUNG.**

*(Laotse)*

 ANDERE ERKENNEN IST WEISE...

*P*eking, November 1908

„Ab morgen werdet Ihr wieder Eure gewohnte Kleidung tragen", stellte Tai Xian fest, als er kam, um Dilara abzuholen, die gerade noch Hand an ihr Festgewand legte. „Die *Pride Of Plymouth* liegt im Hafen, bereit zum Auslaufen." Er wartete vergeblich auf eine Antwort und fügte nach einer Weile hinzu: „Werdet Ihr eines Tages nach China zurückkehren?"

„Möglich... soviel ich weiß, hat Antediluvian Pläne, die mich einbeziehen. Ich weiß noch nichts Genaueres, doch er scheint ständig etwas zu ersinnen, das dem Erhalt oder der Mehrung seiner Macht dient. Er ist rastlos."

„Er nannte Euch Königin des Mondes, als er mir Euer Kommen ankündigte... Was meinte er damit?"

„Nannte er diesen Namen? Vielleicht habt Ihr Euch verhört, und er sagte Demimondes?" Dilara war es unangenehm, gestehen zu müssen, daß sie selbst nicht erklären konnte, wann und wie sie diesen Titel erworben hatte, den ihr Meister stets mit einem spöttischen Lächeln verwendete.

„Gewiß nicht! Ich wünschte, ich hätte mich vergewissert. Wie auch immer, es fiel mir ein, als ich an das Fest dachte. Wißt Ihr etwas darüber?"

Sie schüttelte den Kopf. Ungeduldig bemühte sie sich, einen Haken im Nacken ihres Kimonos zu schließen. Tai Xian kam ihr zu Hilfe und erzählte, daß das Mondfest in der Qing-Dynastie, zu der auch die herrschende Kaiserinwitwe zählte, eines der wichtigsten chinesischen Feste geworden sei.

„In unserer Sprache heißt es Zhongqiujie. Es hat eine lange Tradition. Die Menschen begeben sich in dieser Vollmondnacht ins Freie, um im Mondschein zu Ehren Chang'es ein Mahl zu feiern."

„Chang'e? Ist das der Name einer Göttin?"

„Nein." Tai Xian lachte. „Wir kennen zwar viele Götter, Geister und Dämonen, doch Chang'e war die Frau eines Helden unserer Frühgeschichte. Der Sage nach gab es einst zehn Sonnen am Himmel, die niemals zu brennen aufhörten und unsere Felder versengten, bis Hou Yi auf einen hohen Berg stieg und mit einem einzigen Pfeil neun dieser Sonnen herabschoß. Der übriggebliebenen Sonne gebot er, nur noch am Tage zu scheinen, den Menschen und dem Land nachts Ruhe zu gönnen. Von der Himmelskaiserin erhielt er für diese Tat einen Trank, der ihm Unsterblichkeit und einen Platz am Himmel sichern sollte. Da Hou Yi seine Gemahlin Chang'e nicht alleine lassen wollte, verzichtete er auf das Geschenk und bat Chang'e, es für ihn aufzubewahren."

Dilara hatte ihren Kimono angelegt und das Haar hochgesteckt. Tai Xian fand, daß sie atemberaubend und beinahe wie eine Chinesin aussah.

„Fahrt fort! Was geschah mit Chang'e!?"

„Es ist eine tragische Geschichte. Ein Schüler Hou Yis, Peng Meng, forderte eines Tages, als sich sein Meister auf einer Reise befand, von Chang'e mit Waffengewalt die Herausgabe des Elixiers. Die tapfere Frau händigte es ihm jedoch nicht aus, sondern schluckte es statt dessen und wurde zum Mond hinaufgezogen. Als Hou Yi zurückkehrte, sah er, daß der Mond heller und runder als sonst war. Und er erkannte darauf den Schatten seiner geliebten Chang'e. Er wollte den Mond einholen, doch das gelang ihm nicht. Also stellte er, wann immer der Mond voll wurde, in seinem Garten einen Tisch auf mit den Dingen, die Chang'e gerne gegessen hatte. So ehrte er sie. Das Volk war von dieser liebevollen Geste so bewegt, daß es die Zeremonie übernahm und die Tradition bis heute bewahrt."

## ANDERE ERKENNEN IST WEISE...

„Das ist wirklich eine traurige Geschichte", stimmte Dilara zu.

„Aber es ist kein trauriges Fest!" sagte Tai Xian. „Ihr müßt den Mondkuchen kosten, der zu diesem Anlaß gebacken wird! Seid Ihr fertig?"

Die Straßen Pekings waren mit Lampions feierlich beleuchtet, die nicht nur die Form des Mondes hatten. Auch Drachenlaternen, Schwäne, Pagoden und Trommeln, die mit Schriftzeichen bemalt waren, verbreiteten ein sanftes Licht.

Dilara und Tai Xian kamen lächelnde Frauen mit Fächern, ihre Ehegatten in gelöster Stimmung und ehrwürdige Ältere entgegen. Auch Kinder durften in dieser Nacht länger aufbleiben, um den einsamen Lauf Chang'es über den Himmel mitzuverfolgen.

Die Vampire fühlten die Kraft des Mondes in dieser Nacht besonders stark. Das kalte Licht leuchtete ihnen den Weg zum Yuyuantan Park im Westen, wo sie von einer eigens für diesen Abend errichteten Tribüne aus die akrobatischen Aufführungen einer Theatertruppe beobachten sollten.

Tai Xian selbst hatte den Wunsch geäußert, den letzten Abend mit Dilara dort zu verbringen. Er bedauerte immer wieder, daß er seinem Gast so wenig von seinem Land hatte zeigen können. Sie hatte das Gefühl, ihn bedrücke etwas. Sie konnte sich nur schwerlich in die Denkweise des stets höflichen, manchmal eiskalt kalkulierenden und doch anscheinend so verletzlichen Chinesen hineinversetzen.

Als sie den Yuyuantan Park erreicht und ihre reservierten Plätze eingenommen hatten, wurden in der Stadt die ersten

Feuerwerke abgebrannt. Prächtige Funkenfontänen ergossen sich vom Himmel und begrüßten Chang'e, die in dieser Nacht am wolkenfreien Sternengewölbe besonders klar und hell zu sehen war.

„Miß Demimondes, ich..." begann Tai Xian und ergriff vorsichtig Dilaras rechte Hand. Er kam jedoch nicht dazu, mehr zu sagen. Dilara verstand auch nichts mehr, denn in diesem Augenblick begann die Vorführung der Akrobaten, die von ekstatischem Trommelspiel begleitet wurde. Die Menschen jubelten, als die Künstler sich der Schwerkraft trotzend gegenseitig durch die Luft katapultierten und gleichzeitig Fackeln schleuderten und wieder auffingen. Das Publikum applaudierte bei jedem gelungenen Kunststück und verfolgte die Aufführung gebannt.

Immer wieder überzogen in der Ferne Lichtkaskaden die Dächer der Gebäude mit rotem, grünem, blauem und weißem Schein.

Tai Xian unternahm vorerst keinen weiteren Versuch, mit Dilara zu sprechen. Es hätte gar keinen Sinn gehabt. Der Lärm schwoll zu einem unbeschreiblichen Crescendo an. Trommelwirbel und Gongschläge hallten durch die Straßen. Dilara mutmaßte, daß die Feierlichkeiten auf ihren Höhepunkt zusteuerten.

Doch auf einmal hatte sie den Eindruck, daß die fröhliche Ausgelassenheit der Menschen auf einem Schlag verflog. Es war, als falle ein Schatten auf die Stadt und lösche alles Frohe und Glückliche aus.

Sie fühlte, daß etwas geschehen war, das eine große Gefahr bedeutete.

Tai Xian bemühte sich vergeblich, den Rufen der verängstigten Menschen etwas zu entnehmen.

„Wir müssen sofort zurück zum Gästehaus", schrie er gegen den Lärm an. „Die Feier ist zu Ende!"

„Was ist geschehen?"

„Ich weiß es nicht!" rief er besorgt.

„Ihr wißt mehr, als Ihr mir verraten wollt!" sagte Dilara vorwurfsvoll.

„Wartet, bis wir im Gästehaus sind. Dort wird sich alles klären", versuchte der Chinese sie zu beruhigen und zerrte sie unsanft hinter sich her.

In den Straßen machte sich Panik breit. Alles drängte auf möglichst raschem Wege nach Hause. Dilara glaubte, immer wieder eine bestimmte Phrase aus der fremdartigen Sprache heraushören zu können.

Sie blieb stehen. „Was ist es? Was rufen diese Leute?" fragte sie.

Tai Xians Blick flackerte unruhig. Das Haar hing ihm wirr ins Gesicht. Er schien unsicher, ob er den Verzug in Kauf nehmen und Dilara die Situation erklären sollte und entschied, ihr die Wahrheit zu sagen. Sie schien nicht gewillt, noch einen weiteren Schritt zu tun, solange er nicht antwortete. „Die Kaiserinwitwe ist tot!" Er blickte sich nervös um. „Das ist es, was die Leute rufen. Und nun kommt, wenn Euch Euer Leben lieb ist!"

Er zog sie in einen Hinterhof, wo sich Abfälle und Bauschutt stapelten. Dort nahm er die Gestalt einer großen schattenhaften Fledermaus an. Sie tat es ihm gleich und folgte ihm durch den Nachthimmel, der noch immer sternenklar und vom Schein Chang'es erhellt war. Der Geruch von Schwarzpulver lag in der Luft, und der von Angst.

Beide Vampire ließen sich im Garten des Gästehauses herabsinken. In dem Gebäude war es still. Hier schien noch niemand die Nachricht vom Tode Tze Hsis bekommen zu haben.

„Nun?" sagte Dilara, als sie sich hastig in den Salon begeben und Tai Xian einige Öllichter angezündet hatte, die den

Raum in ein angenehmes Licht tauchten. „Was ist geschehen?"

„Ich denke, er sollte es Euch selber sagen."

„Er? Wen meint..."

Wie auf ein Stichwort öffnete sich die Tür zum Salon. Eine kräftige Gestalt betrat den Raum. Der Nosferatu war in der Tracht eines chinesischen Kriegers gekleidet und trug sein Haar unter einer spitz zulaufenden, goldenen Haube, die ihm ein obskures Aussehen verlieh.

„*Antediluvian!*"

„Es freut mich, daß du dich an meinen Namen erinnerst, werte Dilara", stellte er schmeichelnd fest. „Ich befürchtete bereits, du könntest vergessen haben, in wessen Diensten du stehst."

„Ich wünschte, ich hätte es!" Ihre Augen schienen grüne Funken zu versprühen. Ihre Stimme war kalt und spröde wie Eis.

„Wollen wir uns nicht setzen und das alles in Ruhe besprechen?" versuchte Tai Xian zu schlichten.

„Ich fürchte, dafür bleibt keine Zeit!" entgegnete Antediluvian ernst. „Tze Hsis Tod destabilisiert die gesamte Region. Er könnte das Ende des Kaiserreiches bedeuten. Den nicht-vampirischen Höflingen ist es gelungen, einen ihrer Anwärter auf den Thron als neuen Kaiser auszurufen. Es ist der erst zweijährige Pu Yi. Sie werden mit allen Mitteln zu verhindern wissen, daß er den Kuß der Verdammnis empfängt. Tze Hsi hat den Fehler begangen, alle Macht auf ihre Person zu konzentrieren. Sie konnte sich einfach nicht vorstellen, daß sie sterben könnte. Daher hat sie für diesen Fall keine Vorsorge getroffen."

„Es war dein Geschenk, stimmt's?" Dilara stemmte beide Hände gegen die Hüften und baute sich drohend vor dem Nosferatu auf. „Wie hast du es gemacht?"

Antediluvian grinste unverschämt: „Muß ich dir erklären, was ein trojanisches Pferd ist?"

„Das hölzerne Pferd, in dem sich die Griechen verbargen, um unerkannt in Troja einzufallen?"

„Der Vergleich mag unpassend sein, aber mir fällt kein besserer ein. Die Kaiserinwitwe war ausgesprochen mißtrauisch. Aber sie war mindestens genau so habgierig und eitel. Und ich wußte, daß sie ein Geschenk von mir nicht ablehnen würde. Blieb nur die Frage, wie es zu ihr gelangen sollte. Ich konnte es nicht durch einen Diener überbringen lassen, der ihr Mißtrauen nur noch genährt hätte, und ich konnte auch schlecht selber zu ihr gehen, also…"

„Also hast du mich geschickt. Wie einfach!"

„Nun, die einfachen Lösungen sind meist die besten, und der Plan hat ja auch hervorragend funktioniert." Er zuckte mit beiden Schultern. „Abgesehen von eurer Begegnung mit den Wotou im Gelben Meer, von denen mir Tai Xian in Tientsin berichtete…"

„Moment mal! – Ihr habt Euch in Tientsin getroffen?"

Tai Xian blickte ganz unglücklich und stumm drein.

„Ja", antwortete statt dessen Antediluvian. „Im Palast der Himmelskaiserin, wie vor der Reise vereinbart. Wir hatten abgemacht, daß ich im Hintergrund bereitstehen sollte, falls etwas schiefginge. Tai Xian berichtete mir, du hättest Dich gewundert, daß er den Tempel aufsuchen wollte. Dein Scharfsinn hat mich noch nie enttäuscht, Dilara."

Der Chinese hätte sich am liebsten unsichtbar gemacht, als Dilara ihn ansah. Er hatte ihr Vertrauen mißbraucht. Doch welche Wahl hatte er gehabt?

„Nun, es gab eine zweite Gefährdung meines Plans. Du warst *zu* erfolgreich! Es war geplant, daß du gleich nach der Audienz abreisen solltest. Als ich erfuhr, daß die Kaiserinwitwe dich eingeladen hatte, sie zu begleiten, glaubte ich dich bereits verloren. Wenn die Schlange früher zugebissen hätte..."

Er sprach nicht aus, welche Konsequenz dann gedroht hätte.

„Es war also tatsächlich die Schlange?"

„Natürlich!" Antediluvian triumphierte. „Sie stammt aus meiner alten Heimat. Ich war überzeugt, daß Tze Hsi sie nicht kannte. Diese Schlangenart besitzt ein bemerkenswertes Gift, das auch für Schattenwesen tödlich ist. Es zersetzt unser Blut. Ein Prozeß, der weder aufzuhalten noch umzukehren ist. Die Ärzte der Kaiserinwitwe dürften einen natürlichen Tod diagnostiziert haben... auch wenn sie die tatsächliche Todesursache nicht feststellen konnten."

„Aber warum das alles, Antediluvian? Hättet Ihr nicht nebeneinander existieren können?"

„Ha!" Der Nosferatu lachte entrüstet auf. „Tze Hsi beanspruchte immer mehr Macht, auch in England. Das konnte ich nicht zulassen. Mit ihrem Tod verlieren die Chiang-Shih ihren politischen Einfluß. Das könnte das Ende des Kaiserreiches bedeuten. China wird im Chaos versinken. Womöglich zerbricht es in eine Vielzahl kleinerer Staaten, die miteinander konkurrieren. Es wird Jahrzehnte dauern, bis sich ein Sieger konstituiert hat. Das heißt, die Nosferati dürften aus dieser Richtung für lange Zeit nicht mehr bedroht werden."

„Und was geschieht mit uns?" Dilara fühlte einen Kloß in ihrer Kehle, der das Atmen und Sprechen beinahe unmöglich machte. Sie hatte sich von Antediluvian benutzen lassen. Wie schon so viele Male zuvor.

„Dein Schiff legt vorzeitig ab, denn man fürchtet, daß die Unruhen ausufern und man alle Ausländer verantwortlich macht. In diesem Fall nicht einmal völlig grundlos. Die *Pride Of Plymouth* geht in einer Stunde. Hinter dem Gästehaus steht eine Kutsche für dich bereit."

 ANDERE ERKENNEN IST WEISE...

„Aha, ich habe meinen Dienst getan und werde nach Hause geschickt..."

„Nur zu deinem Schutz selbstverständlich!"

„Ich vermute, dein Name steht nicht auf der Passagierliste...?"

„Wie gut du mich kennst, Dilara!" Antediluvian setzte sein bösestes Lächeln auf. „Ich bleibe in Peking, um gewisse Geschäfte abzuwickeln, bei denen mich Tai Xian hoffentlich unterstützen wird..."

Das Gesicht des Chinesen war zur Maske erstarrt.

„Dann ist es wohl besser, ich packe meine Sachen!" stellte Dilara fest. Sie verließ den Salon und schlug die Tür hinter sich zu.

Auf dem Kai, an dem die *Pride Of Plymouth* verankert lag, herrschte in diesen späten Abendstunden ein Gedränge wie auf einem der zahlreichen Märkte zur Mittagszeit. Ein großer Teil der Europäer und Amerikaner versuchte, noch einen Platz auf dem auslaufenden Schiff zu bekommen. Antediluvian hatte für Dilara eine komfortable Kabine gebucht, in die die Vampirin sich gleich, nachdem sie an Bord gegangen war, zurückzog.

Ihre Verabschiedung von Tai Xian war unter den Augen ihres Meisters knapp und sehr sachlich ausgefallen. Es hatte kaum die Möglichkeit bestanden, persönliche Worte auszutauschen. Dilara hätte gerne gesagt, daß sie ihm verzieh. Doch das hätte Antediluvian den Glauben vermittelt, sie vergebe auch ihm, daß er bereit gewesen war, sie wie einen Bauern im Schach zu opfern, um die schwarze Königin zu schlagen.

Während ihrer langen und weitgehend ereignislosen Überfahrt hatte sie genügend Zeit, sich über einige Dinge klarzuwerden. Antediluvian war diesmal mehr als nur einen Schritt zu weit gegangen. Als sie in London eintraf, hatte sie ihre Entscheidung getroffen. Es war Zeit, sich endlich von ihm zu lösen.
Und diesmal endgültig und vollständig!

*Shanghai, September 2006*

„Willkommen in meinem Reich, Calvin Percy Vale!" Die Stimme des Mannes, dessen Gesichtszüge eine perfekte Mischung aus Ost und West in sich vereinten, war immer noch eiskalt.

Calvins Gestalt straffte sich. Er wußte, daß er einem ernstzunehmenden Gegner gegenüberstand. „Der ominöse Drache, nehme ich an!" kam es spröde über seine Lippen.

Sein Gegenüber deutete auf zwei bequeme Sessel, zwischen denen ein quadratischer Tisch stand, auf dem ein erlesenes Schachspiel aufgebaut war.

„Setz dich!" Die Stimme des Drachen klang befehlsgewohnt.

Der junge Vampir reagierte nicht sofort. Einer der Handlanger war in Sekundenschnelle an seiner Seite und stieß ihn grob in den Rücken, um ihn zum Gehen zu bewegen. Calvin wirbelte herum und griff mit einer Hand in den Nacken des Chinesen, riß ihn zu sich herum und entblößte mit einem wütenden Zischen seine spitzen Eckzähne, als wolle er zubeißen. Sofort nahm er einen Schatten neben sich wahr, und wieder erklang die Stimme, die schärfer als jeder Diamant schnitt: „Dein Benehmen läßt sehr zu wünschen übrig, Calvin Percy

 ANDERE ERKENNEN IST WEISE...

Vale! Du enttäuschst mich. Ich dachte, du wärest zivilisierter als der Rest der Brut!" Dann spürte Calvin einen kurzen gezielten Handkantenschlag in seinem Nacken, und es wurde Nacht um ihn.

Dilara fuhr mit einem spitzen Schrei auf und befreite sich aus dem Mantel ihrer Erinnerungen, das von einem dumpfen Gefühl verdrängt wurde. Dem Gefühl drohender Gefahr. Gefahr, in der Calvin schwebte! Als wäre mit ihren Erinnerungen auch die unsichtbare Fessel von ihr abgefallen, sprang sie auf, lief aufgewühlt in dem Raum umher, tastete die Wände ab, ob sich nicht doch irgendwo ein Spalt befand, durch den sie sich als feinstofflicher Schatten hinauszwängen konnte. Aber sie fand nichts.

Sie stieß einen derben Fluch aus und schrie dann ihren Zorn gegen die Wände des Raumes, die sie feindselig anzustarren schienen. Die wütende Vampirin erwartete, daß sich ihr Entführer melden und sie wieder verhöhnen würde – wie bisher. Doch nichts geschah. Etwas hatte sich verändert. Sie spürte deutlich, daß sie auf *das* zusteuerten, was der Maskierte im Schilde führte.

Dilara versuchte sich zu beruhigen.

Deshalb setzte sie sich auf das Bett und schloß die Augen. Sie mußte ihren einzigen Trumpf ausspielen – das mentale Band zu Calvin.

Als Calvin wieder zu sich kam, saß er auf einem der Sessel, zwischen denen der Schachtisch stand, jenem, auf dem er Platz nehmen sollte.

„Warum nicht gleich so?" Die Stimme des Drachen, der Calvin gegenübersaß, strömte Ruhe und Souveränität aus. Es war die eines Mannes, der wußte, daß er gewonnen hatte. „Du kannst es dir und mir viel einfacher machen. Ich kann dir versichern, es wird dir nicht gelingen zu fliehen! Es mag den Anschein erwecken, daß meine Privatgemächer wenig abgesichert sind. Doch das täuscht. Ich bediene mich anderer Methoden. Die unauffälligste Armee schlägt immer noch am effektivsten!"

Calvin murmelte undeutlich und wenig freundlich vor sich hin, blickte auf das Schachspiel vor sich und fauchte wütend: „Ich bin wohl kaum hier, um Schach zu spielen, Lee Khan."

Sein Gegenüber verzog seinen Mund zu einem schmallippigen, verächtlichen Lächeln. „Doch, das bist du! Genau aus diesem Grund!"

„Wie bitte?"

Dem Drachen war es eine besondere Genugtuung, Calvins Verwirrung zu sehen. „Du hast recht vernommen, du bist genau aus dem Grund hier. Und wir spielen um einen ganz besonderen Einsatz."

Calvin spürte ein Schwindelgefühl in sich aufsteigen, das auch auftrat, wenn er wußte, daß großes Unheil auf ihn zukam. Seine Ahnung bestätigte sich, als er in das Gesicht des Mannes blickte, der seinen Triumph kaum zu verbergen suchte.

In den Augen des Drachen funkelte kalter Haß. „Ich glaube, ich sollte dir etwas verdeutlichen." Er stand auf und gab dem jungen Vampir einen Wink. Der folgte widerspruchslos und sah, wie Lee Khan hinter einen Schreibtisch ging, der auf gebogenen Drachenfüßen stand, einige Knöpfe drückte, die

 ANDERE ERKENNEN IST WEISE...

in einem kleinen Schaltpult verankert waren. Calvin starrte fasziniert auf den Monitor. Er war in die Platte eingelassen, die sich nach oben bewegte und einrastete. Völlig geräuschlos.

Der Drache drückte genüßlich den nächsten Knopf.

Das Dunkel auf dem Bildschirm verschwand, er flimmerte einige Sekunden, und dann wurde das Bild einer Frau sichtbar, die auf einem ausladenden Bett lag.

„Dilara!" schrie er auf.

Im selben Moment zuckte sie zusammen, als könne sie seinen Aufschrei vernehmen.

Lee Khan war das nicht entgangen, und es machte ihn stutzig. Er wußte, daß die Zimmer schalldicht waren, daß kein Geräusch herein, aber auch keines hinausdrang.

Der Drache drückte erneut auf einen Knopf, und der Monitor erlosch wieder, bevor Calvin einen Satz herausbrachte.

„Ist dir der Einsatz des Spieles nun bewußt? Wir spielen nicht um deine Seele, Calvin Percy Vale, sondern um ihre! Bist du bereit?"

Calvin nickte und folgte Lee Khan wie ein ferngesteuerter Roboter.

Ruth Vale dämmerte vor sich hin, als habe man ihr ein starkes Beruhigungsmittel verabreicht. Dabei wußte sie längst nicht mehr zu unterscheiden, ob sich ihr Verstand eigenständig vernebelte oder nur unter medikamentöser Einwirkung. Das hatte sich im Laufe der Jahre immer mehr verwischt. Zuviel galt es zu ertragen und zu verdrängen. Ihre Wurzel, das Los ihrer Familie, das Erbgut, das auch sie in sich trug, obwohl es in ihr

nicht sehr ausgeprägt war, das sie jedoch auch in ihrem Sohn vermutete und befürchtete, und schlußendlich den Verlust ihres Sohnes.

Auch, daß sie nicht Bestandteil seines Lebens bleiben durfte, fern seiner Entwicklung war. Und die Liebe, die sie für ihn ungemindert in ihrem Mutterherzen trug.

Sie dachte daran, was die beiden distanziert, aber freundlich auftretenden Asiaten ihr überbracht hatten. Eine Nachricht ihres Sohnes, der sie nach seiner überstürzten Abreise aus Wales, die sie nur schwer verschmerzt hatte, zu sich holen wollte. Wie groß war Ruth Vales Freude darüber, endlich, nach so langer Zeit, mit ihrem Sohn vereint zu sein. Wie lange hatte sie darauf gewartet. Wie oft drohte ihr Verstand daran zu brechen, daß ihr Mann es vermocht hatte, ihr den Sohn zu entfremden.

Doch wo blieb Calvin?

Warum ließ er sich nicht blicken und begrüßte sie?

Sie wußte, auch wenn sie lange getrennt gewesen waren, daß er ein gutes Herz hatte. Daß er verläßlich war, ein lauterer Mann mit Werten. Das hatte sie in dem Moment gespürt, als sie in seine Augen geblickt hatte. Nach so langer Zeit.

Aber da war auch etwas in ihm, was sie verwirrte. Etwas, das vorher nicht in ihm gewesen war. Das machte sie unruhig, so wie jetzt, wo er ausblieb, wo er sie alleine in diesem Zimmer ließ.

Ruth Vale wollte nach Calvin rufen, doch als habe ihr ein stummer Befehl anderes auferlegt, preßten sich ihre Lippen wieder aufeinander, während sich ihr Blick erneut im Nichts verlor.

 ANDERE ERKENNEN IST WEISE...

Der Drache musterte seinen Gegner eindringlich. Calvin hielt dem Blick stand, ohne mit der Wimper zu zucken. Lee Khan las Entschlossenheit, Kampfkraft und Sorge darin. Sorge um Dilara.

Und die ist berechtigt, dachte er frohlockend, ihr beide werdet nicht mehr viel Freude miteinander haben. Wenn du aber wüßtest, was ich noch für dich bereithalte...

Calvins Gedanken und Emotionen hingegen fuhren Achterbahn. Seine ruhige Haltung war reine Fassade. Dilaras Anblick hatte ihn erschüttert. Seine Gefährtin verhielt sich merkwürdig ruhig in ihrem Gefängnis. Calvins Blick schweifte von dem Schachspiel durch den Raum und blieb an den Türen hängen, die wohl in die angrenzenden Räume führten.

Lee Khans Blick war dem des langhaarigen Vampirs gefolgt. Ja, dachte er. Genau! Dort sitzen sie... deine *Lieben*.

Und ihr habt alle keine Chance.

Nicht den *Hauch* einer Chance!

Er hob einladend seine Rechte. „Laß uns beginnen, Calvin Percy Vale."

Calvin ging das Getue auf die ohnehin angespannten Nerven. „*Calvin* reicht!" stieß er hervor.

Ein Schmunzeln huschte über das strenge, manchmal wie versteinert wirkende Gesicht des Drachen.

Der junge Vampir dachte immer noch darüber nach, wie er sich aus der Affäre ziehen konnte. Er war kein guter Schachspieler. Auf dem englischen Internat, auf das sein Vater ihn geschickt hatte, als er dafür alt genug gewesen war, hatte er eine Zeitlang gespielt. Aber niemals gegen einen Profi wie Lee Khan, der dieses Spiel keinesfalls aus Fairneß ausgewählt hatte, sondern um seine Überlegenheit zu demonstrieren. Calvin rechnete sich daher wenige Chancen aus, und er konnte kein Risiko eingehen, wenn Dilaras Leben tatsächlich von

dem Spiel abhing. Aber das nahm er keine Sekunde lang an. Der Drache würde sie auf jeden Fall vernichten. Das spürte Calvin.

Ich muß ihn in ein Gespräch verwickeln, um Zeit zu gewinnen, überlegte er. Mick und Suemi werden versuchen, mich zu befreien.

Er verschränkte die Arme vor der Brust und lehnte sich zurück. „Ist es nicht so, daß man sich vor dem Kampf über seinen Gegner informieren sollte?" sagte er betont gleichmütig. „Und mir scheint, daß da ein gewaltiges Ungleichgewicht herrscht. Sie scheinen einiges über mich zu wissen, während ich..."

Lee Khan funkelte ihn an. „Während *du* gar nichts über mich weißt!"

„Falsch!" Calvins Stimme klang schneidend, und er registrierte befriedigt, daß sein Gegenüber zusammenzuckte. So beeilte er sich, das bißchen Boden, was er gutgemacht hatte, weiter auszubauen. „Ich weiß sogar *einiges* über Sie."

Lee Khan gewann seine alte Selbstsicherheit zurück. „Natürlich, ich selbst habe eine Nachricht an der Tür deiner *Gefährtin* hinterlassen." Er betonte das Wort Gefährtin, als ob es sich bei Dilara um ein todbringendes Insekt handelte.

„Sprich nicht so von ihr!" zischte Calvin.

Lee Khan lehnte sich lässig zurück und taxierte Calvin, als ob er eine Ratte in einem Labor betrachte. „Sie bedeutet dir ja tatsächlich etwas!" Ein erstaunter Tonfall schwang in seiner Stimme, und er wurde nachdenklicher.

„Natürlich bedeutet sie mir etwas! Und das war Ihnen auch bekannt, sonst hätten Sie sie nicht in Ihre Gewalt gebracht. Beleidigen Sie nicht meine Intelligenz!" Calvin wußte, daß er alles auf eine Karte setzen mußte. Er hatte nichts zu verlieren!

 ANDERE ERKENNEN IST WEISE…

„Komm keinen Schritt näher!" Suemi hielt plötzlich einen kurzläufigen Revolver in der Hand. „Bleib stehen, oder ich schieße!"

„Kein Angst!" sagte Mick beschwichtigend. „Das brauchen vor mir bloß meine Gegner zu…"

„Sorry!" schnitt ihm die Chinesin das Wort ab. Mit vor Schreck geweiteten Augen mußte Mick mit ansehen, wie sie die entsicherte Waffe auf ihn richtete und den Finger am Abzug kaltblütig langsam durchzog.

Der Schuß löste sich, aber es war nicht der peitschende Knall einer Pistole, sondern eher ein Plopp, als hätte sie einen Schalldämpfer benutzt.

Mick warf sich zur Seite, obwohl er wußte, daß er nicht schneller als die Kugel sein konnte.

Das Projektil traf ihn in die Seite. Er wunderte sich, wie wenig Schmerzen es verursachte. Die Wunde schloß sich augenblicklich. Manchmal war es doch von großem Vorteil, ein Vampir zu sein.

„Was sollte…?" Er hatte sich wieder zu Suemi herumgedreht, aus deren Augen ihm blanker Haß entgegensprühte. „Was…?" Er kam nicht weiter, mit ihm stimmte etwas nicht. Es mußte an der Waffe liegen, die sie auf ihn gerichtet hatte. Das war keine einfache Pistole gewesen. Sie hatte nicht einmal Silberkugeln verschossen. Mick betastete seine Seite. Er bekam das gefiederte Ende eines winzigen Pfeils zu fassen und zog ihn aus seinem Fleisch.

Suemi lächelte überlegen. „Na, wie fühlt es sich an, wenn man auf der Verliererstraße ankommt, *Mick Bondye*?"

„Du… und der Drache…"

„Richtig, mein Süßer! Es tut mir ja fast leid, aber das Spiel ist für dich aus. Der Springer hat den Läufer geschlagen."

Mick sank in die Knie, als ihm seine Beine plötzlich den Dienst versagten. Er wußte nicht, welches Gift sie ihm mittels dieses Pfeils injiziert hatte, aber es wirkte verdammt schnell.

Von hinten näherten sich Schritte.

Die Chinesin hatte Verstärkung angefordert. Sie war eine Doppelagentin! Er hätte es merken müssen. Aber sie hatten Suemi blind vertraut, allein wegen der Tatsache, daß sie dem chinesischen Geheimdienst angehörte, zu dem Dr. Grean von höchster Stelle hatte Kontakt aufnehmen lassen. Suemi hatte sie exakt dorthin geführt, wo der Drache sie haben wollte und dafür gesorgt, daß er und Calvin voneinander getrennt wurden. Wie geschickt sie das angestellt hatte. Geradezu genial. *Teuflisch!*

Dunkle Nebel der Bewußtlosigkeit wogten durch seinen Geist. Mick kämpfte verzweifelt dagegen an. Er *durfte* nicht ohnmächtig werden... durfte nicht... ohnmächtig... werden...

Als sie ihn packten, war er zu keiner Gegenwehr fähig. Es waren vier Männer. Einer sah aus wie der andere. Ihre Gesichter verschwammen vor seinen Augen, verschmolzen zu einem einzigen, teilten sich wieder. Einer schlug ihm ins Gesicht, um zu sehen, ob er noch bei Bewußtsein war. Der Voodoovampir-Cop stöhnte auf, dann verschleierte sich sein Blick.

Das letzte, was er hörte, waren Suemis Anweisungen an die Männer, die ihn an Armen und Beinen festhielten: „Schafft ihn dahin, wo er keinen Schaden anrichten kann. Ich werde woanders gebraucht. Und paßt auf... er ist gefährlich!"

Alles in Mick wehrte sich dagegen, doch ihn umfing eine kalte, unwiderstehliche Finsternis.

 ANDERE ERKENNEN IST WEISE...

Lee Khan musterte Calvin mit dem Blick einer Schlange, antwortete aber nicht.

„Sie haben es recht erkannt", führte Calvin das Gespräch weiter fort. „Auch wir sind in der Lage, Gefühle zu empfinden, entgegen den Überlieferungen." Er schenkte Lee Khan einen hochmütigen Blick, versuchte somit weiter Boden gutzumachen und seinen Gegner herauszufordern. „Sie haben wohl keine engen menschlichen Bande, vermute ich mal?"

Das war ein Schuß ins Blaue, der ins Schwarze traf.

Die Gesichtszüge Lee Khans froren förmlich ein.

Und Calvin wußte in dem Moment, daß er zu weit gegangen war und verfluchte sich.

„Was weißt du denn schon, *Unseliger!*" Allein der Tonfall des Drachen hätte töten können. Calvin fröstelte es plötzlich. Für wenige Momente hatte er außer acht gelassen, daß er einem uneinschätzbaren und gefährlichen Gegner gegenübersaß, der überraschenderweise etwas von sich preisgab, womit Calvin nie gerechnet hätte.

Es zeigte aber um so deutlicher, daß der langhaarige Vampir einen wunden Punkt getroffen hatte. Womöglich den, der alles ausgelöst hatte, was sich gerade abspielte.

„Natürlich hatte auch ich einmal eine Familie!" Die Haltung des Drachen wurde noch eine Spur aufrechter, blanker Haß war in seiner Stimme und glomm in seinen Augen.

Hatte, dachte Calvin, und sein Unwohlsein wuchs, während er sich fragte, was wohl in der Vergangenheit des Drachen geschehen sein mochte, um aus ihm den zu machen, der er augenscheinlich war.

„Aber die wurde mir genommen." In Lee Khans Augen fun-

kelte ein unseliges Licht. „Von einer Sekunde auf die andere. Von *deinesgleichen*!"

Familie, durchfuhr es Calvin. „Heißt das...?" fragte er betroffen.

„Ja!" grollte der Drachen. „Das heißt, daß ich mitansehen mußte, wie meine ganze Familie ausgelöscht wurde. In einer einzigen Nacht!"

Calvin schluckte, seine Kehle war staubtrocken. Er sah zu den Leibwächtern, die ihn wohl in den Raum geschleift und auf den Sessel gesetzt hatten. Jetzt jedoch standen sie wie die chinesischen Statuen da – regungslos und unauffällig, daß sie beinahe von der Dekoration des Raumes geschluckt wurden. Aber er gab sich auch nicht eine Sekunde der Illusion hin, daß er eine Chance hatte. Von den Männern ging etwas aus, das Calvins Instinkt wahrnahm, was er aber nicht näher benennen konnte. Dafür war auch nicht die Zeit. Sein Blick wanderte wieder zu den drei Türen, hinter denen die Räume lagen, die an die Suite grenzten. Dilara, dachte er und erhielt zur Antwort ein mächtiges Schwingen in sich.

Das schickte Entschlossenheit in Calvin.

„Wie ich sagte", fuhr Lee Khan fort, „mir wurde alles genommen, aber ich habe mir eine neue Familie geschaffen. Durch zahlreiche Nachkommen!" Sein Lachen schmerzte in Calvins Ohren. „Ich hoffe, ich enttäusche deine romantische Ader nicht. Sie wurden alle nicht aus Liebe gezeugt, sondern mit verschiedenen Müttern, die käuflich waren – aber sind wir das nicht alle? – und denen es nichts ausmachte, ihre Kinder in meine Obhut zu geben." Lee Khan machte eine wegwerfende Handbewegung. „Doch nun wieder zu uns!" Er beugte sich vor. „Du kennst nun den Einsatz?" fragte er hart.

Calvin öffnete den Mund, zeitgleich ging die Tür auf.

 ANDERE ERKENNEN IST WEISE…

Herein trat ein Wesen, das er hier am allerwenigsten erwartet hätte. Jedenfalls nicht in dieser Art und Weise. Sie benahm sich wie ein Gast, eigentlich eher wie jemand, der hierhin gehörte.

„Darf ich vorstellen? Meine Tochter!" sagte Lee Khan. Stolz schwang unverkennbar in seiner Stimme. „*Eine* meiner Töchter!" korrigierte er sich rasch.

Calvin glaubte seinen Augen nicht zu trauen. Eine eiskalte Hand griff nach seinem Herzen, und er schrie wütend und enttäuscht auf, als er Suemi ansah, in deren Augen das gleiche unselige Feuer glomm wie in denen ihres Vaters, an dessen Seite sie trat.

# DER MENSCH WURZELT IN SEINEN AHNEN - ABER ALLE DINGE HABEN IHRE WURZELN IM HIMMEL.

(Unbekannt)

DER MENSCH WURZELT IN SEINEN AHNEN...

Als Mick erwachte, fühlte er sich wie ein Insekt, das in Bernstein gefangen war. Doch er *lebte* noch! Es war ein Fehler gewesen, daß die Männer des Drachen ihn nicht getötet hatten. Daß sie dazu in der Lage waren, daran hegte er nicht den geringsten Zweifel. Wer ein Gift besaß, das ihn innerhalb weniger Sekunden lähmte und ihm das Bewußtsein raubte, der mußte auch stärkere Waffen besitzen. Waffen, gegen die die Schutzmagie des Schattenkelches unwirksam war. Zumindest partiell. Aber auch er hatte noch einige Überraschungen für seine Gegner auf Lager!

Er mußte herausfinden, wo er sich befand. Und dann von hier entkommen. Calvin brauchte seine Hilfe, und Dilara, wenn sie noch lebte, was er hoffte! Mick vermutete, daß sie in einer ähnlich verzweifelten Lage waren wie er, wenn nicht in einer weitaus bedrohlicheren.

Verzweifelt blickte er sich um. Sie hatten ihn einfach auf den Boden geworfen. In einem fensterlosen Raum mit einer Tür, wahrscheinlich aus zentimeterdickem Panzerstahl. Doch gefesselt war er nicht. Vermutlich rechneten sie nicht damit, daß er so rasch wieder zu sich käme.

Seine dunkle Seite mußte ihn vor größerem Schaden bewahrt haben.

*Damballa, der Schlangen-Gott.*
Er war bei ihm.

Sein göttlicher Ziehvater hatte ihn vor dem Übelsten bewahrt.

Mick setzte sich mühsam auf. Jeder einzelne Knochen schmerzte. Das waren wohl die Nachwirkungen des Giftes, das nur langsam abgebaut wurde.

Er spürte erneut unbezähmbare Wut in sich aufsteigen und konnte sie nicht unterdrücken, *wollte* sie nicht unterdrücken.

Er ließ zu, daß das Dunkle, das Alte in ihm, die Kontrolle übernahm.

Ein tiefes Knurren, das weniger aus seiner Brust als aus seinem Geist kam, erfüllte den Raum. Es formte sich zu einem kraftvollen Wort aus der Frühgeschichte der Menschheit. Einem Wort, das jeden, der es hörte, das Fürchten lehrte, ohne daß derjenige auch nur geahnt hätte, was es bedeutete.

Mick richtete sich auf.

Wieder züngelten die Schlangen in seinen bronzefarbenen Augen.

Der Voodoovampir-Cop hob beide Hände, ballte sie zu Fäusten und schmetterte sie gegen die Stahltür. Und die flog aus den Angeln, als sei sie eine Attrappe aus Pappkarton.

Er trat durch die Öffnung. Augenblicklich wurde das Feuer auf ihn eröffnet. Es waren mindestens zwei Mann, die die Tür bewacht und wahrscheinlich auf einem Bildschirm gesehen hatten, daß er erwacht war. Daß er jedoch in der Lage war, sein Gefängnis zu verlassen, damit hatten sie augenscheinlich nicht gerechnet.

Schrill heulte ein Alarm, den er durch seinen Ausbruch ausgelöst haben mußte. Binnen kürzester Zeit würde Verstärkung eingetroffen sein.

Also mußte er rasch handeln!

Er warf sich hinaus auf den Gang und wandte sich nach rechts. Zwei schemenhafte Gestalten stellten sich ihm in den Weg, doch er rannte sie um.

Atemlos stürmte er den Gang hinunter, bis sich dieser gabelte. Mick hielt sich nach rechts. Die Türen, an denen er vorüberkam, waren verschlossen. Sie trugen Bezeichnungen in chinesischer Sprache. Mick beachtete sie nicht weiter, um keine Zeit zu verlieren. Er mußte Dilara und Calvin finden, bevor es zu spät war!

DER MENSCH WURZELT IN SEINEN AHNEN...

Von vorne drangen Stimmen zu ihm.
Sie suchten ihn bereits!
Heiser gebellte Befehle ertönten, gefolgt von raschen Fußtritten.
Er hörte das typische Klicken, das beim Entsichern von Waffen entstand.
Verdammt, sie waren bereits ganz nahe!
Einige Meter von sich entfernt entdeckte er eine Nische, in der Versorgungsleitungen untergebracht waren – dicke Kabelstränge und isolierte Rohrleitungen. Der Raum dazwischen war eng, doch Mick konnte sich mit etwas Mühe dazwischenzwängen und hoffte, daß sie ihn im Halbdunkel nicht bemerken und an ihm vorüberlaufen würden.

Calvin bedachte Suemi mit einem eisigen Blick, unterließ es aber, ihr weiter Aufmerksamkeit zu schenken. Jetzt, da er wußte, was sie war, *wer* sie war, bedeutete sie für ihn nicht mehr als eine Feindin, die es zu vernichten galt. Er richtete sein Augenmerk wieder auf Lee Khan, dabei straffte sich unmerklich seine Haltung.
Dem Drachen nötigte das widerwilligen Respekt ab. Der junge Vampir hielt sich wahrlich würdevoll, obwohl Lee Khan spürte, daß es in Calvins Innerem völlig anders aussah.
Dieser blickte sein Gegenüber finster an: „Da haben Sie aber ein hübsches Früchtchen zur Tochter. Sie scheint all die üblen Gene ihres Vaters in sich zu vereinen."
In den Augen des Drachen blitzte es wieder zornig auf.
Es wurde Zeit, die Endrunde einzuläuten. Die Lust an jedweder Verzögerung, am genußvollen Hinauszögern seiner Rache,

war in ihm erstorben. Er wollte endlich seinen Sieg auskosten. Es brannte in ihm! So sah er Suemi an und gebot ihr: „Hole unseren weiteren Gast herein, meine Teure."

Auf Suemis Miene schlich sich ein boshaft-bornierter Ausdruck.

Calvin kam es ohnehin vor, als wäre die Maske der unverbindlichen Freundlichkeit, der Menschlichkeit, gänzlich von ihrem Gesicht gewichen. Diese Frau war ein Barrakuda. Der von ihrem Vater herangezüchtete personifizierte Haß. Doch ihr fehlte dazu die Grundlage. Wenn Calvin die Andeutungen des Drachen richtig verstand, hatte dieser schmerzhafte Verluste erlitten, nicht seine Tochter.

Calvin beobachtete, wie die junge Chinesin auf eine der angrenzenden Türen zuging, diese öffnete und in dem dahinterliegenden Raum verschwand. Ein schleifendes Geräusch erklang, wie das von Reifen, die langsam über den Boden fuhren. Als Suemi wieder im Türrahmen erschien – hinter dem Rollstuhl, den sie schob – und Calvin die Frau darin sah, stieß er einen Schrei des Entsetzens aus, der Jubel in das Herz des Drachen pflanzte, als er das schrille „Mutter!" des verhaßten Vampirs hörte.

Die Rache, auf die Lee Khan fünfzig Jahre gewartet hatte, begann!

Mick fragte sich, wo plötzlich all diese Männer herkamen. Von beiden Seiten des Ganges näherten sie sich seinem Versteck. Sie trugen graue Uniformen mit dem Symbol des Drachen auf der linken Brust. Es war ihm ein Rätsel, wie es Khan gelungen war, alles vor den Augen der Öffentlichkeit zu verbergen. Der Jin Mao Tower war zwar gigantisch, aber das hier war eine kleine Armee!

Der Voodoovampir preßte sich tiefer in den Zwischenraum, doch er war bereits entdeckt worden. Einer der Männer hatte seine Bewegung gesehen und eröffnete ohne Warnung das Feuer. Auch die anderen hatten ihr Ziel erfaßt und schossen auf ihn.

Die meisten Kugeln der Schnellfeuergewehre schlugen im Beton und in den Verkleidungen neben Mick ein, doch die, die ihn trafen, hinterließen schmerzhafte Wunden.

Sie benutzen Silberkugeln!, durchzuckte es ihn. Und obwohl er sich durch die Macht des Schattenkelches geschützt wußte und sich die Wunden rasch schlossen, fühlte er allmählich Beunruhigung in sich aufsteigen.

Mick entschloß sich zum Angriff. Er ertrug es nicht länger, wie eine Ratte in die Enge getrieben zu sein. Ihre Feuerkraft würde ihnen nichts mehr nutzen, wenn er zwischen ihnen war. Es sei denn, sie riskierten, sich gegenseitig zu treffen.

Der Cop mit den ungewöhnlichen Fähigkeiten katapultierte sich in den Korridor hinaus. Querschläger hatten etwa die Hälfte der Neonröhren an der Decke zerfetzt. Einige Lampen flackerten nur noch hektisch.

Mick sah Panik in den Augen seiner Gegner. Er mußte ihnen unverwundbar vorkommen. Khan hatte sie sicherlich auf den Kampf mit einem Gegner vorbereitet, der übermenschliche Fähigkeiten besaß. Doch auch er konnte nicht gewußt haben, welche verborgenen Kräfte in dem Cop ruhten.

Er hatte es ja selbst nur geahnt.

Mick fegte wie ein Hurrikan über seine Feinde. Er wirbelte die Männer umher, als hätten sie kein Gewicht.

Wie vermutet, stellten sie das Feuer ein, um sich nicht gegenseitig zu gefährden. Statt dessen hielten nun einige von ihnen gebogene Messer mit silbernen, rasierklingenscharfen Schneiden in den Händen, die sie sehr geschickt führten.

Mick mußte alle Register seines Könnens ziehen, um ihnen zu entgehen. Er verzichtete darauf, seine Gegner zu töten, und schaltete möglichst viele von ihnen aus, indem er sie nur kampfunfähig machte.

Ihre Zuversicht schwand zusehends. Die Männer sammelten sich, um ihr Vorgehen neu abzustimmen.

So viel Zeit wollte er ihnen nicht geben. Er machte kehrt und lief in entgegengesetzter Richtung den Gang hinunter. Von den Schüssen, die sie ihm hinterherschickten, traf keiner.

Mick wußte nicht, wohin er sich wenden sollte. Er befand sich in einem regelrechten Labyrinth. Immer noch heulte der Alarm.

Als er um eine Ecke bog, sah er sich zwei Männern gegenüber. Die Überraschung war auf seiner Seite. Sie hatten ihn nicht kommen hören.

Er schaltete sie aus, bevor sie auch nur an Gegenwehr denken konnten.

Erstaunt stellte Mick fest, daß sie einen Aufzug bewacht hatten. Eine Schalttafel zeigte ihm an, wo er sich befand. Tief unten im Fundament des Jin Mao Towers. Und der Fahrstuhl war die direkte Verbindung zum 87. Stockwerk.

So wurde es zur Gewißheit, was ihm Greg schon verraten hatte, und Mick war sich nun sicher, wo er den Drachen finden würde… und vermutlich auch Calvin und Dilara.

„Mutter!" schrie Calvin ein weiteres Mal.

Ruth Vale zeigte zum ersten Mal eine Reaktion und hob

DER MENSCH WURZELT IN SEINEN AHNEN...

benommen den Kopf. Es schnitt tief in Calvins Herz, als er die verhärmten Züge seiner Mutter sah, wie auch ihren Blick, der zwischen Verwirrtheit und Erkennen wechselte. Seine Mutter auch in tödlicher Gefahr zu wissen, löste einen wahren Sturzbach von Gefühlen in Calvin aus. Da waren Wut, Trauer und vor allem Hilflosigkeit. Vor allem aber Scham, sie nicht beschützen zu können.

Die haßerfüllte Stimme des Drachen durchschnitt Calvins Gedanken. „Wie fühlt man sich, Calvin Percy Vale, wenn man mit ansehen muß, wie die, die man liebt, Schaden nehmen...?" Er legte eine bedeutsame Pause ein. „Und sterben werden!"

„Macht das deine Familie wieder lebendig?" schrie Calvin plötzlich in Rage über die Sinnlosigkeit, was sich vor seinen Augen abspielte. Verflucht! Wo bleibst du, Mick, dachte er. Calvin war zornig auf alles und jeden. Und er spürte zum ersten Mal Zweifel an der Stärke des Bundes, den er eingegangen war. Welche Bedeutung hatte der Schattenkelch, wenn er sie nicht schützen konnte, wenn sie wie Erstkläßler in die Falle liefen? Welchen Sinn hatte das alles? Er verspürte diese verführerische und ketzerische *Ich-setze-alles-auf-eine-Karte-Stimmung* in sich aufsteigen.

Die kraftlose Stimme seiner Mutter holte ihn in die Realität zurück. „Cal!" sagte sie. Ihr Tonfall erinnerte ihn an seine Kindheit, und den er immer sehr geliebt hatte, weil er Wärme in ihn geschickt hatte. Diese Art, seinen Namen auszusprechen, war wie eine verbale Umarmung. Es gab nur noch ein Wesen, das ihn ebenso erreichte, wenn es seinen Namen hauchte: Dilara.

Calvin hielt es nicht mehr im Sessel. Der Drache, Suemi und die Leibwächter in ihren grauen Uniformen mit dem Drachensymbol auf der linken Brust, alle rückten in den Hintergrund und verblaßten neben der Gestalt in dem Rollstuhl, die für ihn mehr ausstrahlte als die anderen Anwesenden zusammen.

Er sprang auf und lief auf seine Mutter zu.

Aus den Augenwinkeln sah er, daß Khan sowohl Suemi als auch seinen Handlangern durch eine knappe Geste zu verstehen gab, nicht einzugreifen.

Vor dem Rollstuhl ging Calvin in die Hocke und schloß Ruth Vale in die Arme, murmelte immer nur: „Mutter, Mutter, Mutter..."

*London, September 2006, in den Katakomben der St.Paul's Cathedral*

„Du siehst besorgt aus!" Mit diesen Worten betrat Semjasa die Bibliothek und schmunzelte flüchtig, als er Guardians gerunzelte Stirn sah.

Der Wächter blickte seinen jungen Vertrauten an, als nähme er jetzt erst wahr, daß dieser eingetreten war. Dabei konnte er sonst einen Herannahenden schon viel eher ausmachen. Seine Instinkte waren geradezu unfehlbar.

Genau das war auch die Ursache für seine Besorgnis.

Er spürte mit beinahe hundertprozentiger Sicherheit, daß seine drei Verbündeten in Asien in Gefahr schwebten. Und er mußte sein Scherflein dazu beitragen, sie von ihnen abzuwenden. So eingeschränkt er auch war.

Um so größer wurde sein Groll auf Luna, weil sie den Bund der Fünf und auch ihrer aller Geschlecht verraten hatte und verschwunden war.

„Sie hat immer nur ihre ureigenen Befindlichkeiten im Kopf", murmelte er mißgestimmt.

„Wer?" wollte Semjasa wissen.

„Luna!" Guardians gepreßte Antwort zeigte deutlich, daß er nur mit Mühe Haltung bewahrte.

Semjasa fragte sich wieder einmal, ob der Wächter jemals außer Kontrolle geriet. „Ich habe versucht, mit Mick in Kontakt zu treten", begann er und wog jedes Wort sorgfältig ab. „Es ist mir nicht gelungen. Im Hotel sagte man mir, daß Mick und Calvin nicht zu erreichen seien."

„Das habe ich erwartet. Mein Gefühl sagt mir, daß sie in großer Gefahr sind. Bitte, versuche es in einigen Stunden noch einmal!"

Sein Vertrauter nickte. „Hast du sonst noch einen Wunsch?" fragte er, und sein Blick hatte für Guardian etwas Heilsames.

„Nein, danke, Semjasa!"

Guardian war gedanklich schon wieder weit weg.

*Shanghai, September 2006, Jin Mao Tower*

„Wie rührend!" Die Stimme des Drachen zerschnitt die Stille, die eingetreten war, als Calvin seine Mutter wieder losließ. Ihre Augen hatten sich im Moment des Erkennens geklärt. Darin glomm so viel Liebe, daß es Calvin schwindelte und sein Zorn auf den Drachen fast explodierte. Dann hatte sich ihr Blick wieder verschleiert, und Calvin war beinahe dankbar dafür, daß sie nicht bewußt miterleben mußte, was sich um sie herum ereignete und auch noch ereignen würde. Er wußte, er mußte etwas unternehmen.

Von Mick schien ihm keine Hilfe mehr gewiß, und auch Dilara war wohl außerstande, einzugreifen. Calvins rechte

Hand schloß sich automatisch um das Amulett, das er um den Hals trug. Es war eine Geste, die ihm, seit er es trug, in Fleisch und Blut übergegangen war. Jetzt, da er dem Bund der Fünf rund um den Schattenkelch angehörte, war das Schmuckstück mit der Abbildung des magischen Gefäßes von noch größerer Bedeutung für ihn. Auch wenn er noch nicht in Gänze zuordnen konnte, welche es genau hatte.

Suemi trat zu ihrem Vater. Bisher hatte sie sich bewußt im Hintergrund gehalten.

Der junge Vampir hörte sie auf den Drachen einflüstern und versuchte zu verstehen, worüber sie sprachen. Doch er vernahm nur Wortfetzen wie: „Mick Bondye... überwältigt... entscheidende Zug..." und fragte sich, was das alles sollte. Das Blut gefror ihm in den Adern, als er den Drachen ansah. Dieser Mann wußte, daß er seine Opfer in die Knie gezwungen hatte und sich nun daran ergötzen würde, sie endgültig zu Fall zu bringen.

Calvins Verdacht wurde umgehend bestätigt.

„Laßt uns die Runde erweitern." Lee Khan gab zwei Uniformierten ein Zeichen und herrschte sie an: „Bringt die Vampirin!"

Calvin zuckte zusammen und preßte seine Lippen fest aufeinander.

Khans Handlanger bewegten sich geräuschlos auf die nächste der drei Türen zu, verschwanden in dem Raum, in dem ein Tulmult entbrannte.

Dilara, dachte Calvin und konnte sich ein flüchtiges Lächeln nicht verkneifen. Seine Gefährtin war wohlauf, das spürte er, und das gab ihm Mut und Auftrieb, sich gegen den Drachen aufzulehnen. Auch wenn ihm eine innere Stimme sagte, daß Lee Khan noch mit einigen unangenehmen Überraschungen aufwarten würde. Was ihm auch Sorge bereitete, war die Tat-

## DER MENSCH WURZELT IN SEINEN AHNEN...

sache, daß sein eigener Kampfwille weitestgehend brachlag. In seinem Kopf war zwar von der ersten Sekunde seiner Gefangennahme der Wunsch, sich aufzulehnen und den Kampf mit seinem Gegner zu suchen. Aber es blieb bei dem Vorhaben. Da ging etwas nicht mit rechten Dingen zu. Das Kämpfen, der Überlebenstrieb lag ihrer Art im Blut, es war eines ihrer elementaren Charaktereigenschaften. Und in Calvin war diese ebenso ausgeprägt wie in Dilara. Was war also mit ihm los? Was lähmte ihn so?

Die beiden Uniformierten traten zurück in den großen Hauptraum der Suite.

In ihrer Mitte führten sie Dilara, die sich zwar zur Wehr setzte, um sich trat, den einen der Männer zu beißen versuchte, aber auch erheblich gedrosselt war. Bei den Kräften, über die sie verfügte, hätte es ihr ein Leichtes sein müssen, sich zu befreien und die beiden Uniformierten zu überwältigen.

Dilara plagten ähnliche Empfindungen. Auch sie quälten Selbstzweifel, warum sie sich so phlegmatisch ihrem Schicksal ergab und Erinnerungen nachhing. Aber nach ihrer Philosophie mußte das wiederum einen Sinn haben, wie alles im Leben von Bedeutung war. Hier jedoch wollte er sich ihr noch nicht erschließen, wo so viel auf dem Spiel stand.

Beglückt sah sie Calvin, stellte fest, daß er unversehrt war. In seinem Blick war allerdings Trauer und Sorge. Jedoch nicht um sie, wie sie spürte, sondern um ein anderes Wesen. Dilara bemerkte die Frau im Rollstuhl, die ihr so merkwürdig vertraut vorkam. Und als diese nun entrückt lächelte, wußte die Vampirin, woher sie es kannte: Es war Calvins Lächeln.

Fragend blickte sie zu ihrem Gefährten, der zwischen einer jungen Chinesin und einem Mann stand, den sie allein schon von der Haltung, aber auch vom *Geruch* her kannte. Es war ihr Entführer. Die Chinesin, das konnte Dilara ebenfalls spüren, war von seinem Blute.

Er sprach sie jetzt an und betrachtete sie dabei geringschätzig: „Dilara Demimondes, es ist mir eine Ehre, dir endlich unverhüllt entgegenzutreten."

Dilara spuckte ihm ins Gesicht.

Die Hand der Chinesin zuckte hoch.

„Nicht!" Der Drache stoppte auch die ebenfalls zum Schlag erhobene Hand eines der beiden Unformierten, die die Vampirin immer noch in ihrer Mitte hielten. Lee Khan zog ein Seidentuch aus einer Tasche seiner Anzugjacke, wischte sich damit über die Wange und trat näher an Dilara heran. „Ich hätte dir bessere Manieren zugetraut. Aber du zeigst einmal mehr, daß du Abschaum bist, den es zu vernichten gilt."

Calvin spürte, wie ein feiner Energiestrom zurück in seinen Körper floß und etwas von seiner alten Kampfkraft weckte. Es war, als lockerte sich die mentale Fessel, seit Dilara in den Raum gebracht worden war. Einige Atemzüge lang versenkte sich Calvins Blick in dem ihrer leuchtend grünen Augen, dann wanderte er zu seiner Mutter. Auch mit ihr schien eine Verwandlung vorzugehen. Ihre Haltung wurde aufrechter, und ihre Hände lagen nicht mehr schlaff auf den Armlehnen des Rollstuhls, sondern klammerten sich darum. „Calvin!" sagte sie, und ihre Stimme hatte zum ersten Mal einen festen Klang.

„Mrs. Vale, wie erfreulich, daß Sie sich nun auch an dem Gespräch beteiligen können!" höhnte Lee Khan.

Dilara atmete hörbar aus. Sie hatte also richtig empfunden. Die Frau in dem Rollstuhl war Calvins Mutter.

In Calvins Augen konnte man alle seine Gefühle lesen, die in ihm aufstiegen.

„Du sagtest, daß du uns ausrotten willst. Was hat meine Mutter damit zu tun? Sie ist ein Mensch, sie hat dir nichts getan! Laß sie frei!" Seine Stimme zitterte etwas. Auch wenn er sich zusammenriß und um Haltung kämpfte, war die Sorge um seine Mutter offensichtlich.

„Du überraschst mich, Vampir!" Lee Khans Stimme troff vor Haß. „Man hat mir nicht gesagt, daß ihr zu derartigen Gefühlen fähig seid!"

Calvin war nicht fähig, etwas zu erwidern und verfluchte die ihm mental auferlegte Untätigkeit, die ihn den Demütigungen des Drachen aussetzte.

Khan nahm ihm gegenüber Platz. „Der Preis des Spiels ist festgelegt!" sagte er kalt und ohne auf den Appell seines Gegenübers einzugehen. „Ich verzichte darauf, die landesübliche Variante zu spielen, die wir Xiangqi nennen. Du bist also im Vorteil. Als Ausgleich beanspruche ich für mich die Farbe Weiß. Ich denke, das ist auch in deinem Sinne…" Er setzte sein falschestes Lächeln auf. „Weiß beginnt!" Mit langen Fingern zog Khan den weißen Bauern, der seine Dame deckte, um zwei Felder vor.

Calvin wußte, daß von den ersten Zügen des Spieles möglicherweise der gesamte Verlauf abhängen würde. Er scheute sich, zu rasch zu reagieren. Khan lauerte mit brennenden Augen über dem Schachbrett. Der Chinese wartete nur darauf, daß er einen Fehler machte. Verunsichert hoffte Calvin, in den Blicken Dilaras oder seiner Mutter eine Hilfe zu finden. Doch die beiden, deren Bewegungen von den Uniformierten kontrolliert wurden, schienen so ratlos wie er selbst zu sein.

Er konterte also mit einem relativ unspektakulären Zug und wich dem Gegner aus. Der Bauer, der vor seinem rechten Läufer gestanden hatte, zog ebenfalls um zwei Felder nach vorn.

Khan schien für diesen Fall bereits einen Gegenzug geplant zu haben. Ohne Zögern setzte er seinen rechten Springer nach f3. Calvin glaubte, unter dem Druck, der auf ihm lastete, zerbrechen zu müssen. Die geringfügige Chance, durch seinen Sieg Dilara und seine Mutter zu retten, mußte er wahrnehmen. Er hoffte darauf, daß der Chinese bei allem Wahn ein fairer Spieler war, der sein Wort nicht brach.

Wie absurd diese Hoffnung war, zeigte sich, als sich der Drache zurücklehnte und sagte: „Verrate mir eines, Calvin Percy Vale... Glaubst du an die Unsterblichkeit der Seele?"

„Die Unsterblichkeit der Seele?" Calvin fragte sich, worauf sein Gegner hinauswollte.

„Ja, du bist doch mit einem christlichen Wertebild aufgewachsen."

Lee Khan war erstaunlich gut informiert. Was wußte er *außerdem*? Hatte er etwas über Calvin herausgefunden, worüber dieser selbst keine Kenntnis besaß? Über seine Ursprünge, die Dilaras Gefährte selbst gerade erst auszuloten begonnen hatte?

„Was glaubst du, ist mit deiner Seele geschehen, als du zur unsterblichen Schattenkreatur wurdest? Das ist doch eine interessante Frage, oder?" Lee Khan taxierte den langhaarigen Vampir.

Was zum Teufel wollte er von ihm?

Calvin glaubte zu spüren, daß der Drache seine übersteigerte Eitelkeit befriedigen wollte. Er fühlte, daß sich ihm eine günstige Gelegenheit bot, ihn aus der Reserve zu locken. „Was

DER MENSCH WURZELT IN SEINEN AHNEN...

weißt du schon von der Seele, Khan? Wenn du je eine besessen hast, hast du sie dem Teufel verdingt."

Lee Khan holte mit der Rechten aus und schlug ihn brutal ins Gesicht: „Abschaum!" Die Handschuhe, die der Chinese trug, besaßen eine rauhe Oberfläche und schürften Calvins Wange auf. „Ich werde euch zeigen, was es bedeutet, den Drachen zum Gegner zu haben. Ich werde eurer widernatürlichen Existenz ein Ende bereiten!"

„Dann tu's doch endlich und rede nicht immer nur!" schrie Calvin ihn an. Er konnte es nicht mehr ertragen. „Alles ist besser als das hier! Du bist schlimmer als wir! Wir töten unsere Opfer durch einen raschen Biß, aber wir quälen sie nicht. Also, bringen wir es hinter uns!"

„Reize mich nicht zu sehr, Calvin Percy Vale!" Der Drache schien wieder vollkommen ruhig zu sein. Nur seine Mundwinkel zuckten noch vor Wut und verrieten ihn. „Es gibt eine schlimmere Strafe als den Tod!" Genüßlich ließ er seine Worte wirken.

Doch sein Gegenüber reagierte nicht und stellte eine unvergleichliche Gelassenheit zur Schau.

„Möchtest du nicht wissen, um was es sich dabei handelt?" bohrte Lee Khan weiter.

Möglichst uninteressiert sah Calvin in eine andere Richtung, doch in seiner Brust raste ein unbändiges Herz.

„Hast du schon einmal vom Seelentor gehört?" Der Drache gab nicht auf.

Ein Seelentor? Nein, der Begriff war Calvin nicht geläufig. Um was konnte es sich dabei handeln? War es eine weitere Waffe im Kampf gegen die Schattenwelt?

Hätte er in diesem Moment zu Dilara gesehen, wäre ihm nicht entgangen, wie sie bei dem Wort *Seelentor* zusammenzuckte.

„Ich entnehme deinem Gesichtsausdruck, daß das nicht der Fall ist." Lee Khan lächelte sardonisch. „Dann will ich dich mal aus deiner Unwissenheit erlösen!" Er stand auf, ging einige Schritte und drehte sich dann mit einer ruckartigen Bewegung auf dem Absatz um. „Wie so vieles andere führe ich die Entdeckung des Tores auf eine Fügung des Schicksals zurück, das mir seit meinem Kampf gegen die Mächte der Schatten stets günstig gewogen war. Weißt du, *Vampir*, ich vereine in mir das Wissen zweier Kulturkreise – das des westlichen und das des östlichen. Und noch ein bißchen mehr." Er grinste blasiert. „Ich bin unschlagbar!"

„Jedenfalls, was deine Überheblichkeit betrifft!" Calvin konnte sich nicht länger zurückhalten. Verärgert über die eigene Unbeherrschtheit biß er sich auf die Zunge. „Rede weiter!" forderte er.

Lee Khan betrachtete ihn aus zu engen Schlitzen zusammengekniffenen Augen. Offenbar überlegte er, wie er seinem Gefangenen weitere Qualen zufügen konnte. Dann jedoch setzte er seine Ausführungen fort. „Als ich das Seelentor fand, war es in einem erbärmlichen Zustand. Die Truppen der Kulturrevolution hatten es wie viele andere Heiligtümer im Land beinahe zerstört. Ein Hinweis brachte mich auf seine Spur. Ich ließ es ausgraben, mühsam rekonstruieren und stellte fest, daß es seine alte Magie noch nicht eingebüßt hatte." Der Chinese triumphierte. Seine Geschichte schien eine Pointe zu besitzen, für die er sich besonders viel Zeit nahm. „Und weißt du, was mir am meisten Freude an meiner Entdeckung bereitet?" Er hielt erneut inne, obwohl er augenscheinlich keine Antwort erwartete. „Deine eigene Rasse hat es verwendet, um Abtrünnige zu strafen und sie ins Nichts zu senden. Begreifst du? Das bedeutet das endgültige Ende! Die totale Auslöschung! Wie würde es dir gefallen, wenn ich deine kleine Freundin und dich hineinstoße?"

DER MENSCH WURZELT IN SEINEN AHNEN...

Als Calvin nicht antwortete, warf der Drache seiner Tochter einen liebevollen Blick zu. "Ich sehe, du zollst mir wenig Aufmerksamkeit, Calvin Percy Vale. Daher wird es Zeit, sie zu erlangen. Zeige uns und besonders ihm", er deutete mit dem Kopf in Calvins Richtung, „eine Kostprobe deines Könnens, meine Teure!"

Suemis Gesicht wurde zu einer einzigen grausamen und starren Maske. Nur in ihren Augen funkelte ein unseliges Feuer. Kälte durchzog Calvin bei ihrem Anblick. Und der flüchtige Blick, den er seiner Gefährtin zuwarf, zeigte ihm, daß Dilara ebenso empfand. Beide sahen zu dem Drachen und seiner Tochter, die einander ebenfalls musterten und sich unmerklich zunickten.

Calvin wußte nicht zu sagen, woher Suemi die Pistole so schnell hatte. Sie bildete eine Einheit mit ihrer Rechten, die plötzlich in Ruth Vales Richtung deutete.

In dem Augenblick, als Dilara und Calvin aufschrieen, zischte der kleine Giftpfeil schon aus dem Lauf der Pistole heraus und fand treffsicher sein Ziel.

„Mutterherz gegen Mutterherz!" donnerte es durch den Raum.

Calvin hatte das Gefühl, alles nur in Zeitlupe zu erleben.

Er sah, wie Dilara die Augen aufriß, sich seine Mutter aufbäumte, an ihr Herz griff, getroffen aus dem Rollstuhl zu Boden glitt und Suemis Gesicht plötzlich ein Lächeln trug, das nicht boshafter hätte sein können. Und er hörte den triumphalen Schrei des Drachen, der beide Arme erhob und wiederholte: „Mutterherz gegen Mutterherz", als gelte es, hinter den ersten Punkt einer offenen Rechnung einen Haken zu setzen.

Der langhaarige Vampir hörte den erneuten Schrei, und dieser löste einen Teil seiner Erstarrung. Calvin sprang aus seinem

Sessel auf und stürzte auf seine Mutter zu. Fassungslos kniete er neben ihr nieder und schloß sie in die Arme. Die Wachen ließen es auf einen Wink Khans hin geschehen.

„Mutter!" stammelte Calvin fassungslos.

„Ich sterbe", flüsterte sie. Ihr Gesicht hatte eine ungesunde Farbe angenommen, was wohl auf die Wirkung des Giftes zurückzuführen war.

„Nein!" Calvins Stimme brach. Er wußte, daß sie recht hatte. Ihr Blick begann bereits an Klarheit zu verlieren. Doch er würde nicht zulassen, daß jemand ihr Unheil zufügte. Er mußte sie doch beschützen!

„Du kannst es nicht ändern, mein Junge!" Sie nahm seine Hand. Ihr Griff war schwach. Ein Zittern durchlief ihren Körper. „Ich bin so froh, daß ich dich noch einmal sehen durfte…"

„Mutter!"

Sie legte einen Zeigefinger an seine Lippen, um ihn zum Schweigen zu bringen. „Wir… haben nicht mehr viel Zeit. Hör mir zu… unser Geheimnis… du hast es herausgefunden… dein Vater darf es nicht für seine Zwecke…mißbrauchen!"

Zu spät, dachte Calvin, doch er brachte es nicht übers Herz, ihr zu sagen, was geschehen war. Ebensowenig, wie er ihr offenbaren konnte, daß er seinen Vater getötet hatte.

„Du darfst nicht zulassen… daß *es* dich übernimmt, Calvin!" Ruth Vale fiel das Sprechen zunehmend schwerer. „Es ist… furchtbar! Es macht etwas Schreckliches aus dir, das ich… nicht mehr lieben könnte. Und genau das… wollte dein Vater. Deshalb habe ich ihn verlassen. Hoffte, er… würde nicht an das Geheimnis herankommen. Doch er wußte… wußte es schon längst." Ihre Atmung setzte einige Sekunden lang aus. Calvin befürchtete, sie werde die Augen schließen und nie wieder öffnen. Er hielt sie fest an sich gepreßt, ihre Lippen ganz nah an seinem Ohr, damit er verstand, was sie sagte.

„Deshalb... und aus keinem anderen Grund... hat er mich zur Frau genommen. Damit ich ihm den Schlüssel verschaffte. Deshalb... mußte alles nach bestimmten Regeln ablaufen... an einem ganz bestimmten Tag, an... einem bestimmten Ort."

„Sprich nicht weiter, Mutter. Spare deine Kräfte." Calvin spürte, daß ihr mit jedem Wort, das sie sagte, das Leben rascher entwich. Er wollte das nicht zulassen. Wollte ihr Leben festhalten. Wenn er doch in dieser Situation nur den Schattenkelch hätte benutzen können!

Ruth Vale sammelte ihre letzten Kräfte. Ihr Bedürfnis, sich ihm mitzuteilen, war übergroß. „Ich habe damals... viele Fehler gemacht. Hätte deinem Vater... widerstehen müssen. Vor vielen Jahren. Und jetzt..."

„Du darfst nicht gehen, Mutter!" Calvin kam sich so hilflos vor wie noch nie in seinem Leben. Er stützte ihren Kopf mit seinem Arm. Seine übermenschliche Kraft nutzte ihm in diesem Moment nichts. Wenn er es gekonnt hätte, hätte er sein Leben für sie geopfert. „Ich habe dich doch gerade erst wiedergefunden."

„Behalte mich... so in Erinnerung,... wie ich früher gewesen bin... als deine Mutter... die dich geliebt hat!"

Ihre Gesichtszüge entspannten sich. Calvin entdeckte in ihnen wieder all die Güte und Sanftheit, die er an ihr geliebt hatte.

Erst als ihn Dilaras Hand an der Schulter berührte, sah er, daß kein Leben mehr in den Augen seiner Mutter war.

Sie hatte ihren Frieden gefunden.

Benommen stand Calvin auf und war unfähig, einen klaren Gedanken zu fassen.

Sofort traten die Uniformierten wieder an seine und Dilaras Seite. Auch wenn die schöne Vampirin das Gefühl hatte, daß es nicht sie waren, die entscheidend hätten eingreifen können.

Alles ging eindeutig von Lee Khan aus. Er war es, der diese unsichtbare, aber deutlich spürbare Macht ausströmte, die sie alle lähmte.

„So ist bereits ein Preis des Spieles verloren", sagte er gefühllos. „Du solltest nicht auch den Verlust des zweiten riskieren, wenn dir etwas am Leben deiner Gefährtin liegt. *Setz dich wieder hin!*"

Calvin zögerte. Er war hin- und hergerissen, denn am liebsten hätte er sich auf seinen Peiniger gestürzt.

Dilara fühlte seinen Schmerz über den Tod seiner Mutter, seine Ohnmacht, aber auch seinen Zorn, der jäh in ihm aufwallte.

Sie wollte auf ihn zugehen, als ein heller Ton erklang, der Lee Khan, seine Leibwächter und seine Tochter zusammenfahren ließ.

Als das Signal ertönte, wußte Lee Khan, daß etwas falsch lief. Der nicht besonders laute, aber eindringliche Ton meldete ihm, daß jemand seinen Aufzug benutzte. Das war theoretisch unmöglich, denn die Elektronik war so programmiert, daß nur er alleine sie bedienen konnte. Nicht einmal Suemi besaß eine Zugangsberechtigung.

Also handelte es sich um einen Angriff.

Nachdem er die entsprechende Überwachungskamera angewählt hatte, bestätigte ihm ein Blick auf den Bildschirm, daß er sich nicht irrte.

„Verdammt!" entfuhr es Lee Khan wütend und irritiert, als er sah, wer sich in der Kabine des Liftes befand. Es war dieser Mick Bondye, den der Drache eigentlich für das schwächste Glied im Bund der Fünf gehalten hatte. Doch nun hegte er berechtigte Zweifel, denn wie hatte der junge Cop es fertiggebracht, seinen Bewachern zu entkommen? Das war eigentlich unmöglich.

Lee Khan hörte hinter sich Suemi leise aufschreien, als auch sie nun Mick erblickte. „Wie ist es möglich, daß er entkommen konnte, Vater?"

„Das ist eine sehr gute Frage!" zischte der Drache.

Betroffen starrten sie auf den Monitor.

Mit dem Cop war eine Veränderung vorgegangen. Lee Khan konnte nicht genau sagen, was es war, doch es machte den Vampir zu einer echten Gefahr.

„Wir werden unser Spiel leider unterbrechen müssen, Calvin Percy Vale", stieß er niederträchtig hervor. „Aber sei dir sicher, daß wir es an einem anderen Ort und zu einer anderen Zeit fortsetzen werden. Und die werde *ich alleine* bestimmen!"

Der Drache mußte sich eingestehen, daß er seine Gegner unterschätzt hatte. Sie waren nicht ausschließlich die blutrünstigen Monstren, die seine Eltern umgebracht hatten, sondern fähig, echte Gefühle zu entwickeln und ihr eigenes Wohlergehen hinter übergeordnete Ziele zurückzustellen.

Das hatten Dilara und Calvin bewiesen, und auch Mick handelte dementsprechend.

Der Drache wies seine Männer an, die Verteidigung des Hauptquartiers zu sichern.

Rasch verteilten sic sich mit entsicherten Waffen an den Türen. Jeweils ein Mann blieb zur Bewachung in unmittelbarer Nähe der beiden im Raum gefangenen Vampire, obwohl der Drache alleine mächtig genug schien, sie unter Kontrolle zu halten. Wenigstens die geschwächte Dilara konnte nicht als vollwertiger Gegner betrachtet werden.

Suemi stürmte mit zwei weiteren Männern zum Fahrstuhl

und postierte sich in Schußweite. Sobald sich der Aufzug öffnete, würden sie ihre tödlichen Geschoße abfeuern. Mick sollte dieses Mal keine Chance bekommen.

Doch der wußte, daß er seinen Gegner nicht unterschätzen durfte!

Noch bevor sie reagieren konnten, drang Mick mit Brachialgewalt durch die Aufzugtür.

Die Uniformierten wurden von ihm einfach beiseite gestoßen, so, als seien sie keine ernsthaften Gegner. Suemi wich einen Schritt zurück. Ein inneres Gefühl hielt sie davon ab, einen Schuß abzugeben. Mit dem Voodoovampir-Cop war tatsächlich eine Veränderung vorgegangen, die sie alle nicht hatten vorhersehen können.

Mick Bondye baute sich vor Suemi und ihrem Vater auf.

Er musterte die junge Chinesin mit Abscheu. „Ich würde lügen, wenn ich sage, daß es mich freut, dich wiederzusehen."

Suemi wollte etwas erwidern, aber er hatte sich schon an ihren Vater gewandt. „Eine hübsche Organisation hast du aufgebaut. Doch sie wird dir nichts nutzen!"

„Das werden wir ja sehen!" zischte Lee Khan.

Unbeeindruckt lachte Mick. „Genau! *Das* werden wir! Darauf kannst du Suemis Arsch verwetten."

„Du wirst meine Tochter nicht anrühren!" donnerte Lee Khan.

„Sieh an!" Meisterhaft wußte Mick sein Erstaunen zu verbergen. „Deine Tochter. Das erklärt einiges!" Er blickte den Drachen an, der ein heiseres Zischen ausstieß, als Zeichen seiner Erregung. „Doch kommen wir zu dir... *Drache*." Wieder erklang das Zischen. „Du bist ein Fangshi!" fuhr Mick mit einer Ruhe und Besonnenheit fort, die alle Anwesenden erstaunte. Selbst Calvin.

„Was weißt du schon?" stieß Khan hervor.

„Eine Menge!" Mick baute sich bedrohlich vor dem Drachen auf. „Du bist einer der ganz üblen Sorte. Ein dämonischer Zauberpriester, der die alten Überlieferungen und Philosophien für seinen privaten Rachefeldzug mißbraucht. Du beleidigst die eine der Kulturen, die du in dir vereinst."

„Was weißt du schon?" wiederholte Khan. „Ich lebe streng nach den Regeln der Himmelsmeister."

„Eben. Nach den Regeln der Dämonologie." Mick baute sich bedrohlich vor Lee Khan auf.

Der Drache gab seinen Leibwächtern, die sich inzwischen neu formiert hatten, durch ein knappes Kopfnicken ein Zeichen, und die Männer bewegten sich geschmeidig auf sie zu, blieben aber im adäquaten Abstand eines Radius von schätzungsweise zwei Metern stehen. Mick spürte, wie sich seine Nackenhaare sträubten. Wie immer, wenn ihm Wesen zu nahe kamen, von denen eine Gefahr ausging.

„So?" fragte Lee Khan lauernd. „Was sollte mich hindern? Du etwa?"

Die Augen des Cops funkelten plötzlich wir geschmolzene Bronze, und wieder wurden die Schlangen sichtbar. Der Drache war einen Augenblick irritiert. Auch, als der Voodoovampir-Cop plötzlich laut zischelte und zwischen seinen spitzen Schneidezähnen, die merklich dunkler geworden waren, eine gespaltene Zungenspitze sichtbar wurde.

„Wir haben mehr gemeinsam, als du denkst, Fangshi!" Mick trat näher an den Drachen heran. „Ja, du bist ein Priester der Himmelsmeister. So bist du an deine Macht gelangt. Wie ich bist auch du ein Geistmedium und kannst Kontakt zu Toten aufnehmen... du..."

Lee Khans Keuchen verriet, daß Mick dem wahren Naturell seines Gegners gefährlich nahe gekommen war.

„Darüber hinaus", fuhr Mick unbeirrt fort, „bist du in der Lage, mentale Fesseln über deine Gegner zu legen. Dilara und Calvin sind der beste Beweis, denn sie sind beide nur noch ein Schatten ihrer selbst." Er musterte Lee Khan aufmerksam. „Das dürfte dich einiges an Kraft kosten, bei zwei so starken Wesen wie sie es sind!"

Dieses Mal stöhnten Dilara und Calvin laut, denen einiges klar wurde. Das war also des Rätsels Lösung. Deswegen waren sie gefangen in sich selbst.

Micks Blick schweifte umher und blieb an der Frau hängen, die vor einem Rollstuhl auf dem Boden lag.

„Meine Mutter!" sagte Calvin und deutete in Suemis Richtung. „Sie hat sie getötet!"

Die junge Chinesin wirkte sichtlich zurückhaltend, seit Mick aufgetaucht war. Sein verändertes Auftreten flößte ihr offenbar Furcht ein.

„Das tut mir leid, Calvin!" sagte Mick und wandte sich wieder Suemi und ihrem Vater zu. „Ihr scheint euch in nichts nachzustehen", stieß er verächtlich hervor. „Was hat sie euch angetan? Ihre habt weder Ethik noch Moral!"

Der Drache vollführte ärgerlich eine heftige Handbewegung. „Genug geredet!" grollte er und sah rasch zu seiner Tochter.

Suemi schien ihm wichtig zu sein.

Das erstaunte Mick. Nach allem, was er über den Drachen an Informationen eingeholt hatte, war er ein eiskaltes und berechnendes Wesen, ohne jegliche Gefühle. Doch nun wurde eine andere Seite an ihm erkennbar.

Auch Mick musterte Suemi. Diese Natter, dachte er und sein Blick schweifte zu Calvins toter Mutter am Boden. Das wirst du mir büßen, durchfuhr es ihn zornig, und er spürte wieder die

## DER MENSCH WURZELT IN SEINEN AHNEN...

Macht des Schlangengottes in sich aufsteigen. Er wehrte sich längst nicht mehr dagegen, sondern begann, diese Macht dauerhaft herbeizusehnen, weil sie ihn stärkte.

Der Voodoovampir wandte sich wieder Suemi zu.

Sie sah an den Schlangen in seinen Augen, daß ihr Unheil drohte, und ihre Rechte mit der Pistole zuckte hoch.

„Mick!" brüllten Dilara und Calvin gleichzeitig.

Doch Mick war auf der Hut. Er wußte, daß er die Chinesin nicht unterschätzen durfte. Das hatte ihn schon einmal an diesem Tag beinahe sein Leben gekostet. Diese Frau, in deren Adern das Blut des Drachen floß, war gefährlicher, als sie aussah. Und Damballa forderte sein Opfer. Mick durfte nicht zögern, wenn er sich nicht die Gunst seines Schutzherrn verscherzen wollte. Er warf sich auf die zierliche Frau, die genau zweimal ihre Waffe abfeuern konnte und ihn beide Male verfehlte. Die Pfeile schossen nur wenige Zentimeter an seinem Oberarm vorbei.

Dann war er auch schon über ihr, schlug ihr die Pistole aus der Hand und begrub den zierlichen Körper der Chinesin unter seinem Gewicht. Sie wehrte sich mit der verzweifelten Kraft eines Dämons, alle Waffen ihres geschmeidigen Körpers zur Anwendung bringend. Doch noch – wenn auch bereits nachlassend – wirkte in Mick die geheimnisvolle Kraft, die er heraufbeschworen hatte. Er preßte ihre Arme zu Boden und brachte seinen Mund ganz nahe an ihren Hals. Er duftete nach einem betörenden, schweren Parfüm.

Mick versenkte in aller Ruhe seine Eckzähne in dem nachgiebigen Fleisch, denn er wußte, daß Khans Wachen nicht in den Kampf eingreifen konnten, da die Gefahr zu groß war, daß sie statt ihn Suemi treffen konnten.

Wie dumm sie doch sind, dachte er, sie ist so oder so verloren!

Suemis Bewegungen erlahmten allmählich, während ihr Vater seinen Männern heisere Befehle zubrüllte und sich auf Mick stürzen wollte, als sich ihm Dilara und Calvin, die die mentalen Fesseln von sich abgleiten fühlten, in den Weg stellten.

„Wir haben noch eine Rechnung zu begleichen!" sagte Calvin mit einer Stimme, die dem Drachen das Blut in den Adern hätte stocken lassen müssen. Doch der hatte nur noch Augen für seine Tochter, stürzte in Micks Richtung.

Aber es war zu spät.

Ihr entsetzter Blick sprach Bände. Die Chinesin wußte, was mit ihr geschah, und sie wehrte sich nicht dagegen. Mit einer Gelassenheit, wie man sie nur im Reich der Mitte kennt, fügte sie sich in ihr Schicksal.

Mick trank nicht ihr Blut. Das Gift, das sich seit seiner Verwandlung in seinen Eckzähnen befand, strömte in den Körper der Frau und wirkte sofort. Ihre Pupillen verkrampften sich, und ihr Blick wurde starr. Er fühlte, wie das Blut in ihren Adern zum Stillstand kam.

Suemi lebte nicht mehr.

*London, September 2006, in den Katakomben der St. Paul's Cathedral*

Guardian spürte einen immer größeren Drang in sich, der seine sonstige Gelassenheit auslöschte. Schon Lunas Verschwinden hatte ihm verdeutlicht, daß er handeln mußte, um den Bund der Fünf wieder zusammenzufügen, um die Macht des Schattenkelches nicht einzubüßen.

DER MENSCH WURZELT IN SEINEN AHNEN...

Er zürnte der wiedererweckten Mondgöttin.

Auch wenn ein anderer Teil in ihm spürte, daß sie – dadurch, daß sie ihn aus der Defensive lockte – etwas sehr Wesentliches in ihm hervorholte.

Guardian hatte nicht einmal Semjasa über sein Vorhaben eingeweiht. Weniger weil er ihm mißtraute, sondern weil er selbst nicht recht wußte, was getan werden mußte. So schlich er sich im Dunkel der Katakomben davon, in die Kuppelgrotte, wo der Kelch sicher verborgen stand.

Der Wächter öffnete den Schrein, in dem sich das kostbare Gefäß befand, legte das schlichte schwarze Gewand mit den blutroten Symbolen um und schritt würdevoll los, mit ineinander verschränkten Fingern – wie zum Gebet verwoben.

Sein Blick war auf einen Punkt gerichtet, der weit über die unterirdischen Katakomben, über London, die Welt hinausging.

Er entnahm dem Schrein den Kelch und ging mit ihm in die Mitte des fünfzackigen Sterns am Boden. Dort stellte er den Kelch ab. Mit einem seiner scharfen Schneidezähne ritzte er sein Handgelenk an und ließ einige Tropfen seines Blutes in den Kelch träufeln.

Dann trat er einige Schritte zurück und sah, daß es in dem Opalgefäß zu glimmen begann.

„Beschütze die, die ich liebe, die an dich glauben, und vereine wieder die, die zusammengehören!" murmelte der Wächter immer und immer wieder.

Die gleißende Energiequelle des Kelches erfüllte wie immer, wenn die Magie entfacht wurde, die gesamte Kuppelgrotte und umhüllte auch Guardian. Sie drang in ihn ein, verwuchs dort mit einem Saatkorn, das in einer anderen Dimension in ihn gepflanzt worden war. Als der Funke in den Wächter gelegt wurde, der ihn zu dem machte, was er war – der Obere über alle Schattenwesen!

Guardian blieb wie eine Lichtsäule in der Mitte des fünfzackigen Sterns stehen, murmelte Worte, die er teilweise selbst nicht verstand, die aber über seine Lippen flossen.

Es war, als würde er selbst plötzlich die Kuppelhalle bis in die kleinste Ecke ausfüllen, als würde er Bestandteil des Lichtes, als würde er es gar selbst.

Es änderte seine Farbe; aus dem gleißenden Weiß wurde ein silbriges Grau, das allmählich verdunkelte und dann magentarot die Grotte ausleuchtete.

Das Bild, das Guardian darin sah, entlockte ihm einen grauenvollen Schrei.

Mick ließ von Suemis Leiche ab und blickte Lee Khan an. Der war zwar ein Spieler, jedoch kein Narr. Sehr schnell wurde ihm bewußt, daß er diese Runde verloren geben mußte, weil er seine Gegner unterschätzt hatte. Besonders Mick Bondye. Das würde ihm kein zweites Mal passieren. Nun galt es, das Spiel zu retten. Und das konnte er nicht als Mensch, sondern nur als *der Drache*.

„Haltet sie auf!" befahl er seinen Männern, während er sich mit einem letzten schmerzerfüllten Blick auf Suemi umdrehte und auf die dritte Tür zulief, die an den großen Wohnraum grenzte. Noch im Laufen zerrte er den Umhang aus der Tasche seines Jacketts. Er fühlte, wie ihm der schuppenbesetzte Stoff ein Gefühl der Unbesiegbarkeit verlieh. Was hieß *Gefühl*? Er *war* unbesiegbar! Und das würde er seinen Gegnern zeigen. Sollten sie die erste Runde ruhig gewinnen. Er hatte seinen Springer verloren. Doch wie viele Bauern hatte er noch, die er in Springer verwandeln konnte? Suemi war eine von vielen gewesen. Die beste, aber nicht die einzige. Dieser Verlust würde seine Gegner in Sicherheit wiegen! Und er würde zurückschlagen, wenn die Bedingungen dafür günstig waren. Ein kluger Feldherr wußte, wann er sich zurückzuziehen hatte!

Khan stieß die Tür auf und gelangte in einen Raum mit quadratischem Grundriß, der keinen weiteren Ein- oder Ausgang besaß. Von ihm aus führte eine Wendeltreppe aus Stahlblech hinauf zur Kuppel in der Spitze des Jin Mao Towers.

Er streifte die Kapuze über und spürte augenblicklich, wie seine Verwandlung begann. Der Stoff legte sich eng auf seine eigene Haut und wurde eins mit ihr. Seine Fingernägel wuchsen und verhärteten sich zu den gefährlichen Klauen, mit denen er auch im offenen Kampf gegen die Vampire ein ernsthafter Gegner gewesen wäre.

Die Treppe vibrierte unter seinen schweren Tritten. Seine Beine waren kraftvoller und stämmiger geworden. Sie trugen ihn drei Stufen gleichzeitig dem Kuppelsaal entgegen.

Dann hatte die Metamorphose ihr Endstadium erreicht.

Was als Lee Khan den Treppenabsatz betreten hatte, erreichte als Drache das Ende der Treppe.

Sein Ziel war in greifbarer Nähe.

In der Mitte des Raumes.

Ein Bogen, etwa drei Meter hoch aufragend.

Er wurde von derselben Magie erfüllt, die auch dem Umhang seine Fähigkeiten verlieh.

Die Magie der Fangshi, in denen Lee Khan seine Lehrer und geistigen Vorfahren sah. Viele ihrer Rätsel hatte er gelöst, hatte sich ihr Wissen zunutze gemacht.

Seine Gegner ahnten nicht, welch schreckliche Waffen er ihnen noch entgegenzusetzen hatte.

Der Drache stieß eine Verwünschung aus und schickte sich an, durch den Bogen zu treten.

„Das könnte dir so passen, du Bastard!" stieß Calvin wütend hervor. Khans Wachen waren, nachdem die mentale Fessel von Dilara und Calvin abgefallen war, für die Vampire keine ernsthafte Gefahr mehr gewesen. Mick kümmerte sich darum, daß sie unschädlich gemacht wurden. „Dich feige aus der Affäre zu ziehen! Ich werde dir helfen!" Mit nur wenigen Schritten eilte auch er die Treppe hinauf, gefolgt von Dilara, und war vor dem Drachen, bevor dieser völlig entschwinden konnte. Mühsam hielt er ihn am schuppenbesetzten Leib fest.

Lee Khan versuchte, sich mit einer eleganten Drehung zu befreien und den langhaarigen Vampir abzuwehren. Doch dann trat plötzlich ein bösartiges Funkeln in seine Augen. Seine Klauen schossen vor, umfaßten blitzschnell Calvins Handgelenk und hielten es fest.

Mick, der rasch aufschloß und ebenfalls das Ende der Treppe erreichte, ahnte Böses. „Calvin, paß auf!" schrie er warnend. „Zurück!"

Doch der Drache zog Calvin immer näher an sich heran – auf das Seelentor zu.

Nun brüllte auch Dilara, als sie die Gefahr erkannte, in der ihr Gefährte schwebte, und sie war mit einem Satz bei ihm. Sie ergriff seine andere Hand und versuchte, Calvin auf ihre – und somit die sichere – Seite zu ziehen. Aber es gelang ihr selbst unter Aufbietung aller Kräfte nicht. Die Macht der Fangshi begann bereits, ihre Wirkung zu entfalten.

„Nein!" Mick wollte ihr zu Hilfe eilen und sie zurückziehen, um das Schlimmste zu verhindern.

Aber er gelangte nicht mehr an die drei heran, die zu einer Einheit zu verschmelzen schienen. Der Drache stieß einen

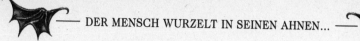 DER MENSCH WURZELT IN SEINEN AHNEN...

triumphalen Laut aus und ließ sich in das dunkle Nichts des Tores fallen – und er nahm Calvin und Dilara mit sich.

In Sekundenschnelle hatte sie das schwarze Loch verschluckt.

## DER HERAUSGEBER

**WOLFGANG HOHLBEIN**

wurde 1953 in Weimar geboren und ist der meistgelesene und erfolgreichste deutschsprachige Fantasy-Autor mit einer Gesamtauflage von weit über 20 Millionen Büchern.

Der Durchbruch gelang ihm 1982 mit „Märchenmond", das seinen Siegeszug in zahlreichen Ausgaben von den USA bis in den Fernen Osten bis heute ungebrochen fortsetzt. Seine mittlerweile über einhundert Bestseller decken die ganze Palette der Unterhaltungsliteratur ab – von Kinder- und Jugendbüchern über Romane und Drehbücher zu Filmen, von Fantasy über Science Fiction bis hin zum Horror.

Der passionierte Motorradfahrer und Zinnfigurensammler lebt zusammen mit seiner Frau und Co-Autorin Heike, seinen Kindern und zahlreichen Hunden und Katzen am Niederrhein.

Weitere Informationen unter:
**www.hohlbein.de**
**www.hohlbein.net**

## DIE AUTOREN

## ALISHA BIONDA

wurde nach einem phasenweise ruhelosen und abenteuerlichen Globetrotterdasein auf der Sonneninsel Mallorca heimisch.
Seit 1999 ist sie unter anderem als freiberufliche Autorin, Journalistin, Redakteurin, Herausgeberin, Lektorin und Rezensentin tätig.
Alisha ist eine Powerfrau, die in ihrer knappen Freizeit Vernissagen und Konzerte besucht, mit Vorliebe Heavy-Metal hört und bei Schlagermusik flüchtet.
Sie genießt Gespräche mit Gleichgesinnten, die etwas zu sagen haben, doch ganz besonders die Zweisamkeit mit ihr Wesensverwandten bei einem kalifornischen oder südafrikanischen Wein. Für die großen Feste hat sie nicht viel übrig.
Trotz des Insellebens ist Alisha ein Herbstmensch, der die schroffen Jahreszeiten, den Sturm, die wilde Brandung zum Leben braucht. So beginnt sie ihren Tag in aller Früh schwimmend im Meer und beendet ihn auch dort nach dem Schreiben nachts. Stets wird sie von ihrer schwarzen afghanischen Windhündin Jamila begleitet. Diese für sie wichtige Zeit ist ihre Art der Meditation, bei der sie abschalten und genüßlich einen Zigarillo paffen kann.
Menschen, die Alisha nur flüchtig kennen, können sie schwer einordnen. Vielleicht liegt es an ihrer Lieblingsfarbe schwarz - ob Kleidung, Autos, ihre Windhündin - die sie optisch zur Düsterfrau macht. Das entspricht aber nur ihrer natürlichen Melancholie.
Ihr mehr zurückhaltendes und beobachtendes Wesen könnte man mit Arroganz verwechseln. Das dem ganz und gar nicht so ist, wissen langjährige Freunde, für die sie immer ein offenes Ohr hat.
Eine ihrer hervorragenden Eigenschaften ist, daß sie sagt und schreibt was sie denkt. Doch es gibt eine Frage, die sie vehement verneint, und was ich ihr nicht abnehme: *Haben die Tage und Nächte auf Mallorca mehr Stunden als auf der übrigen Welt?* Nur dann ist es nachvollziehbar, wie sie ihr immenses Arbeitspensum bewältigt.

*Monika Wunderlich*

## DIE AUTOREN

### JÖRG KLEUDGEN
(aus: Eddie Angerhuber & Boris Koch (Hrsg.): *Allem Fleisch ein Greuel*, Medusenblut)

Ich schrieb Jörg Kleudgen Anfang der 90er Jahre an, als er eben die Anthologie *Fischaugen im Dämmerlicht* herausgebracht, und ich einen Song seiner Gothic-Rock-Band THE HOUSE OF USHER auf einem Kassetten-Sampler gehört hatte. Ich hatte Zeichnungen von ihm in diversen Fanzines gesehen, zwei auf dem Cover eines Heftes namens *Exkalibur*, an dem ich selbst intensiv mitarbeitete. Ich wollte den Menschen kennenlernen, dessen Name mir so oft begegnete, und dessen Arbeiten mir so gefielen. THE HOUSE OF USHER standen noch am Anfang, ebenso sein kleiner Verlag GOBLIN PRESS, und doch konnte man ahnen, was für Potential hier lauerte. Jörg Kleudgen arbeitet in beinahe allen Medien und Künsten. Er hat eine Reihe von Büchern veröffentlicht, unter anderem die faszinierende Sammlung *Cosmogenesis* im BLITZ-Verlag und den Reiseführer *Eifel-Mosel* zu sagenumwobenen Stätten in der Reihe *Die schwarzen Führer* (EULEN-VERLAG). Die Veröffentlichungen in seinem Verlag GOBLIN PRESS hat er meist selbst stimmungsvoll illustriert, er war jahrelang Herausgeber des Magazins GOTHIC. Seine Band spielt seit fünfzehn Jahren klassischen, authentischen und eigenständigen Gothic-Rock und hat sechs Alben und mehrere Singles veröffentlicht. Für das Album *Inferno (l'enfer)* schrieb Jörg ein halbstündiges atmosphärisches Hörspiel.
Er hat ein außergewöhnliches Auge für Details und sieht die tiefere Bedeutung von Handlungen und Situationen. Sein Schreiben besitzt symbolische Tiefe, manchmal wirkt es, als würde er die Welt deutlicher und anders wahrnehmen. Er entwickelt Bilder, die hängenbleiben und Gedanken hervorrufen, ohne daß er sie direkt in der Erzählung darlegt. Seine Erzählungen sind immer mehr als die einfache Handlung.
Mehr über ihn und seine Band im Internet: www.the-house-of-usher.de

*Boris Koch*

# WOLFGANG HOHLBEINS SCHATTENCHRONIK

Geschichte einer Vampirin.
Mystery und Dark Fantasy.

Der grausame Kampf um die Vorherrschaft der Vampirclans lebt wieder auf.
Guardian wird währenddessen von der Ungewißheit über Dilaras und Calvins Verbleib gequält. Mick, der nach London zurückgekehrt ist, stößt bei seinen Recherchen über den mutmaßlichen Aufenthaltsort des Vampirpaares auf eine Mordserie in Deutschland, die auf einen Fall Ende der Zwanziger hinweist – auf den Vampir von Düsseldorf!

Band 9, 224 Seiten, ISBN 978-3-89840-359-7

**Lieferbar ab Juni 2007**

Erhältlich im gut sortierten Buchhandel oder direkt bei:
BLITZ-Verlag GmbH – PF 1168 – 51556 Windeck – Fax: 02771/360677
www.BLITZ-Verlag.de

# TITAN – STERNENABENTEUER

Die Erde im August 2109.
Mick Bondye, der Voodoovampir-Cop bekommt Besuch von einem Spezialagenten der World-Police. Nur Mick kann die Spur wieder aufnehmen, die das Geheimnis um Monjas Vergangenheit entschlüsseln soll.
Doch welche Bedeutung haben die Londoner Ereignisse im August 2006? Ein Rückblick zeigt unheilvolle Verbindungen auf, die über 100 Jahre benötigten, um sich langsam – aber sehr grauenvoll – zu entwickeln.
Während im Hintergrund der höllischste Kalte Krieg, den die Erde jemals erleben mußte, tobt, erhält der Wirtschaftsgigant Michael Moses unglaubliche Erkenntnisse über die Drahtzieher der militanten Ökoterroristen.

Band 30, 160 Seiten, ISBN 978-3-89840-130-2
Limitierte Auflage! - 999 Exemplare

**Erscheint September 2007**

Erhältlich im gut sortierten Buchhandel oder direkt bei:
BLITZ-Verlag GmbH - PF 1168 - 51556 Windeck - Fax: 02771/360677
www.BLITZ-Verlag.de